另一个世界的诗

⊙ 王晓春 著

U0731113

我的诗放射出永恒的腐朽之光
从畸形的幼年摇晃到扭曲的中年……
经过了痛与乐，经历了爱与恨，经受了生与死
在这个世界上消亡，在另一个世界里生长……

中国文联出版社

另一个世界的诗

Another world poetry

contents 目录

当代中国诗歌问题与西洋诗翻译

　　——写在王晓春先生诗集《另一个世界的诗》出版之际

‖ 四行诗

▶ ‖ 五行诗

‖ 十四行诗

‖ 梦

‖ 玫瑰

人与兽

‖ 夜与昼

‖ 情与爱

‖ 生与死

当代中国诗歌问题与西洋诗翻译

——写在王晓春先生诗集《另一个世界的诗》出版之际

林精华

众所周知，汶川地震震碎了中国人的心，却孕育出一次现代汉语诗歌的热潮，许许多多人用诗歌表达同胞情意、国难同担的信念，反证了阿多诺《否定的辩证法》所说的"奥斯维辛集中营不再写诗"未必尽然，但这次诗潮终究未能改观当代诗歌影响力久已衰微的大格局和总趋势。我作为研究俄罗斯问题与中俄文学关系（关注从五四新文化运动到1950年代的中国新文学发展中的俄苏文学因素问题），旁触俄语诗歌的学者，本来只是一般性地在意当代诗歌发展问题，但2010年先后收到河南省确山县一所中学教师张云广老师送的诗集《大陆风》（大众文艺出版社，2009年）、《黑龙江社会科学》编辑部主任王晓春先生送的诗集《另一个世界的诗》，尤其是后者乃诗人应北京师范大学历史学院张建华教授之邀约，嘱我写序的，我就在这年岁末和2011年头两个月，仔细阅读这部有 300 余首诗歌的诗集，被其题材广泛、意象丰富、情感多样等日夜缠绕（曾和从事中国古典诗歌研究的同事马自力教授、专攻中国现代诗歌的同事张桃州教授切磋某些诗篇），也被诗人强烈关怀现实的情怀所感动，感动诗人是如何书写中国经济高速发展对城市环境的污染、城市改建、对中国生态环境的破坏、带来高房价等等现实问题，以及对诗人所经历或观察到的这些社会问题，尤其是经济发展所带来的人伦退化各种现象之忧虑，忧虑中又有许多无奈，无奈中还从自己所认知的基督教中求得解脱、答案。对此，我试图从现代汉诗的历程中来理解这部诗集，时常和手边不同时期各种诗人的诗集对比，和近百年来那些现代汉诗经典进行参透性比较，感受诗人如何承载现代汉诗近百年来所形成的传统，即用诗歌语言书写社会现象、表达对现实问题的关怀、对人自身存在之焦虑等，这也是现代汉诗和中国传统经典文本"文章合为时而著，歌诗合为事而作"唯一的关联所在。换句话说，王晓春的诗集出现在这样的语境中，即现代汉诗作为和中国古典文化关系疏解的文体，在近 30 年来，除了在特定的重大事件中尚能发挥文学的社会学功能之外，在日常状态下，诗歌基本上变成了写诗队伍绝对数量并不很小的诗歌爱好者的文学生产和消费，诗歌的人类学价值难以充分实现。基于长期观察现代中国文学（包括诗歌）生成和发展同外国诗歌之译介关系问题的基础，在此就中国当代诗歌的问题发表浅见。

我们知道，相对于古汉语，现代汉语是极为年轻的语言。因为年轻，从白话文到国语到现代汉语，中国人的母语，无论是口语还是书面语，百年来几经更迭，以至于我们今天按现代汉语标准去阅读 60 年之前，甚至 40 年前的经典文本，包括鲁迅的小说和翻译、郭沫若《女神》诗歌和曹禺剧作等经典文本，已有很深的隔膜感，例如不少经典自身多有用词不准确、词法不妥、句式不合规范等不足，更有许许多多曾盛极一时的流行语、表述方式早已明日黄花。可以说，现代汉语经典文本在语言的稳定性和规范性方面，远不及有四百年历史的现代英语和法语、超过二百年历史的俄语等所书写的经典文本。由此，从古汉语到现代汉语急剧转变，尤其是现代汉语自身发展的实验性多于规范性、稳定性，成为百年来汉语经典文本的经典性价值多限于汉语界阈、难以被视为人类普遍经典的原因之一，以至于汉语热在全球升温，并非因为中国人用现代汉语书写了很多具有普世价值的经典，唤起外国人对现代汉语文本的兴趣、信心和热情，而是由于中国经济腾飞给全球带来更多的经济发展机会。由此，近20年来国外汉语读本多是汉语实务之类的，专业的汉学家则是对古汉语经典文本或当代中国社会现实问题的专业性研究，专门研究中国当代文学并赞赏中国当代文学中的语言的则少之又少。造成现代汉语书写的尴尬后果，并非现代中国人语言能力天然地欠缺，而是中国在急剧进入世界的过程中，采用世界主流语言去改造传统汉语，从而带来中国人的言说、书写、思维等方式之不断革新，未能使古汉语变成现代汉语的创造性资源，古汉语变成了一种逝去的历史遗产。而时代发展到网络时代，中国人在许许多多方面都变化了，中国人因为用现代汉语言说的语言能力却无法提高，汉语不仅没有朝着净化的方向发展，反而变得更为粗糙，导致当代国人日常语言贫乏，畅销书少有汉语的灵动，甚至不少名家名作并非因为语言魅力而被推崇（2010年初在香港和浸会大学文学院院长钟玲教授晤谈时，她对现代汉语在当代的如此境遇痛心疾首)。凡此种种,一方面使唯有通古汉语和多种外国语的钱锺书所创作的小说《围城》,可能会成为现代汉语小说发展中空前绝后的语言典范,另一方面使中小学语文教育问题会变得更为严重、国人情操培养的语言学基础始终难以建立。

然而,这些"现代汉语问题"并非因为汉语和汉字自身,而是古汉语转化现代汉语的机制所致。鸦片战争以降,中国人几次励精图治而未果,到晚清时演变成普遍对中国文化传统自身缺乏信心,并殃及到对有两千多年历史的汉语的不信任,或者诟病汉字乃脱离生活实际的文字——"我手写我口"和语言平民化的文学革命运动等简化汉语的行动一路高歌猛进,或更激进地认为方块汉字是阻止中国进步的障碍物——"汉字不灭,中国必亡"、"汉语拉丁化"等呼声此起彼伏。如此一来,秦始皇统一文字之后的汉字成为世界上所剩不多的活文字,在19-20世纪之交居然变成了"古汉语",哪怕林纾的翻译切实表明这种所谓过时的语言仍有很强的构词能力、生动灵活的句法结构、言义合体的书写特质等,但汉语还是不得不朝着汉字要变得语义明确的白话文、文字书写要方便的现代汉语的方向变革,由此许许多多寓意丰富的字词消失了、常用字词的概括力萎缩了、古汉语的精致退却了等,代之以内涵日趋减少、能指符号迅速膨胀的国语-现代汉语(北京师范大学外语系教授郑敏先生多次撰文批评这种情况)。

在这种情势中兴起和发展着的白话文-现代汉语诗歌,用平民的口语替代了华贵的古汉语,那是理所应当的结果。由此,被学界赞赏的1917—1949年白话诗歌创作,虽然应时代变革之要求,孕育出一大批现代汉诗的经典作者和作品,如俞平伯的《凄然》、闻一多的《死水》、徐志摩的《偶然》、戴望舒的《雨巷》、冯至的《十四行诗》等，并在诗学上确定了现代汉诗的范式，但诗歌不再是因"歌"感人、因"诗律"动人，而是以直接表达知识分子关怀现实的言语行为激励读者，或者把古典诗歌追求意象化变成写实化而吸引着白话文塑造出的新读者；正因为这样的趋势，新中国成立后的 30 年主流诗歌，变成了意识形态的演绎，甚至充当意识形态的工具，有的诗歌就是政治口号，那是现代汉诗的必然宿命，虽然有食指的《这是四点零八分的北京》和《相信未来》(1968)、哑默的《海鸥》和《鸽子》(1968)、岳重（根子）的《三月与末日》(1971)等地下诗人的悄悄而睿智的抵抗，但当时它们仅仅是流行在有限的同仁读者圈中的地下诗篇，由此造成 1990 年代它们被人重新发现，并被推崇为诗歌壮举，但改变不了 1970 年代末以来当代诗歌生命力必然萎缩的趋势，哪怕期间诗人尽力履行汉语诗歌的社会使命，舒婷、北岛、杨炼等人有效地把诗歌变成个人对社会的关怀方式，海子的心灵夜曲辅以生命代价的悲壮感动过许多人，翟永明等女性诗人成为促进女性意识成长的重要力量，甚至诗歌批评界也尝试通过"中国现代主义诗歌群体大展"、"盘封诗会"等行动以图改变现代汉诗的命运，但宣言和理论倡导的热闹喧嚣远胜过诗歌创作实践本身，对根本解决现代汉诗危机无济于事。这也就是身为著名诗人的牛汉多次感叹，新诗史上已然成名的诗人，最终能站得住的不会超过三十个。

殊不知，百年之前的中国，因为汉语自身的魅力，一直是诗歌大国，也是崇尚诗歌的国度，如汉语古老经典就包括《诗经》和《楚辞》，传统中国的基本读本中，除了这两部诗之外，还有汉魏以来的许多诗人作品，尤其是唐诗和宋词。既然是诗国，那么也就有汉语的严格音谱格律、诗歌形态，任何人若想写诗，都得服从历史形成并被广泛认定的相应诗律。尤其是，经由佛经翻译，上古汉语中已存在的四声，在中古汉语中开始明确起来——启功先生《诗文声律论稿》就云"注意到汉字有四声，大概是汉魏时期的事"，汉诗由此变得更神奇、多彩，催生了五言诗、七言诗。陈寅恪《四声三问》考证说，"实依据及摹拟中国当日转读佛经之三声。而中国当日转读佛经之三声又出于印度古时声明论之三声也"，"佛教输入中国，其教徒转读佛经时，此三声之分别当亦随之输入"。的确，南朝沈约《四声谱》具体论述了平上去入四声的情形。这样一来，汉语诗性特征得到极大的丰富，创作韵律严整并多姿多彩的诗歌成为中国文人的基本能力，甚至许多朝代把创作诗赋纳入国家体制，进而成就了唐诗和宋词，也使《红楼梦》之类的小说经典少不了诗歌去画龙点睛，甚至蒲松龄这类屡试不第者也不规避最能体现文人才情和文字能力的诗歌创作（据潍水高翰生《聊斋诗草》跋，此公"旧本签题五册，计一千二百九十五首"）。可以说，汉字本身所自动携带的声调成为汉诗不断发达的重要动力所在，诗因其格律而成为独特的文类——"诗者，志之所之也，在心为志，发言为诗"，并因诗歌便于朗读和记忆而能尽情发挥着文学的社会学功能，这便是《毛诗序》所说的，"故正得失，动天地，感鬼神，莫近于诗。先王以是经夫妇，成孝敬，厚人伦，美教化，移风俗"；进而，经典汉诗因其语言技术和社会责任的双方面要求，使一代代文人无不工于文字训练、重视士大夫操守的培养。

这也就意味着，传统汉诗在文字形态和诗律上是与欧洲拼

音文字的诗歌并行不悖的独立文类，不同于拼音文字因其每个
单词存有元音和辅音的规律性配置所得的音步，从而形成不断
单词搭配的抑扬、扬抑、抑扬扬、抑扬抑、抑抑扬、扬抑抑、
扬抑扬、扬扬抑等格律，这些成为欧洲多种语言的诗歌共有特
征，不同格律的诗句之间再配上相应的韵脚，这就使得欧洲拼
音文字的诗歌有另外的异彩纷呈，成为不同于依靠汉字声调和
汉字组合成复杂的平仄韵律的汉诗。然而，汉语朝着白话文－
现代汉语方向急剧变化，经典汉诗却被那些懂一种甚至几种西
方拼音文字并受过传统国学教育的知识分子视为不合时宜的
"旧体诗"，甚至深谙英语诗歌格律的胡适，为了推动白话文，
竟然在翻译英诗时完全不考虑诗律，还创作完全没有韵律的白
话诗歌。这种过激行为，却在五四新文化运动中蔚然成风，还
成为其后中国诗歌发展的主流。换句话说，把经典汉诗视为古
体诗，并以西洋诗改造汉诗，是那些明确知道西洋诗不是没有
格律的自由诗的先进知识分子所为，他们的自由体式的翻译和
白话诗创作，而不是有机转化经典汉诗传统，正是这样才成就
了问题多多的现代汉诗。现代汉诗受孕于、成长于汉译西洋
诗和俄语诗，以及深谙外国现代主义诗歌的诗人自由体诗，20
世纪前80年是这样，最近30年来亦然。举例说，湖南人民出
版社出版的"诗苑译林"（1983—1992）包括《戴望舒译诗集》、
《梁宗岱译诗集》、《朱湘译诗集》、《戈宝权译诗选》、冯至译
《德语六诗人选译》、绿原译《德语国家现代诗选》、卞之琳译
《英国诗选》、王佐良译《苏格兰诗选》、屠岸译《英国十四行
诗抄》、查良铮译《英国现代诗选》、程抱一译《法国七人诗
选》、罗洛译《法国现代诗选》、施蛰存译《域外诗抄》、罗念
生和水建馥译《古希腊抒情诗选》、金克木译《印度古诗选》、

飞白译《英国维多利亚时代诗选》、陈敬容译《图像与花朵》、冰心译《纪伯伦：先知，沙与沫》、郑敏译《美国当代诗选》等，这些诗篇曾经不同程度地影响五四新文化运动以来的汉诗创作，被汇集再版后又浸染了1980年代中期以来的当代汉诗创作。而这些诗篇，无论是创作还是译作，基本上是没有格律的，尽管译者清楚原作是有各自严格韵律的，他们也深知经典汉诗是格律诗。

这便是，现代汉诗的危机并不在于现代中国诗人不关心社会现实，而是因为汉译欧洲诗歌误导了中国人以为西洋诗是自由诗，再把有严格韵律的经典汉诗贬斥为旧体诗，又不顾汉语经典诗人多是很有学识且文化底蕴深厚的文人，还看不到现代经典的英、法、德、俄等语种的重要诗人大多有很好的学术训练，从而使诗歌在中西方文学史上都不会是诗人个人的感怀手段，而是诗人用诗歌语言表达哲学思考，能切实做到知行合一。所以，朱光潜这位受过中国私塾教育的英国硕士、法国博士，通晓汉语和西方多种语言的北京大学教授，其《诗论》（1943）宣称："（现代汉诗）有两个基本问题需要特别研究，一是固有的传统究竟有几分可以沿袭，一是外来的影响究竟有几分可以接收。"在当代汉语诗歌中，这两个难题没有得到解决，甚至恶化了，导致在中国经济腾飞的年代，诗歌难以成为文化资本，更没有化为政治资本和经济资本，专业诗人减少了许多，诗歌产量虽不降反增（如中国作协创作部选编年度中国诗选的活动不曾中断，期间还有一些专业学者选编的不同诗选频频问世），但显示诗歌质量的诗律及其应当包含比散文要丰富得多所指意义、体现诗人对所书写现象的哲学深刻深度的诗学品质等，却差强人意。

　　总之，现代汉诗经过近百年的沧桑变化，学界和诗人都意识到现代汉诗的危机，要克服其危机，必须回到现代汉诗生成之处：要意识到对中国影响巨大的英法德俄等外语诗歌是有各自严格诗律的，那些经典诗人无一不是很有学识的知识分子；要在语言上重建现代汉语和古汉语的关系，恢复汉诗的诗律和气质，创造性地转换传统汉语经典诗歌资源，——形式精致、内在结构严整、句子之间和每个句子内部的格律稳定、语言简练等。

　　以上是阅读王晓春诗集《另一个世界的诗》所想，希望读者能看出这部诗集在近百年现代汉诗中的位置。而晓春也许属于那类需要人们不断理解和挖掘下去的为数不多的诗人，因其诗语义朦胧莫测，意象飘忽不定，仿佛从"另一个世界"而来，充满了新鲜感、陌生感和神秘感，没有确切的意义和指向，在读者面前变化万千。最后，祝愿晓春先生能有意识克服现代汉诗自身的问题、发挥现代汉诗所长。

　　　　　　　2010 年 12 月—2011 年 2 月于首都师范大学寓所
　　（作者系首都师范大学文学院和外语学院教授、博士生导师）

恶之花：开放在中国大地上

　　世纪之交，往往是一个社会的转型时期，社会转型，往往呈现出"新旧"、"内外"两种文化互相交融的特色，王晓春的诗歌创作，或曰是他所创作出来的诗歌作品，就遵从这样一种"新旧"、"内外"相融合的特色，表现出一种"传统诗歌和现代诗歌、中国诗艺与西方诗艺"相结合的文学特质，呈现出一种"多元文化立体融合"的美学风采，即诗人的诗歌既是本民族的，又是西方的；既是传统的，又是现代的；既是浪漫主义的，更是现代主义的……就诗歌的抒情主人公来说，它是传统人，更是现代人；就诗歌主题来说，那是追求爱，追求美，但更是表现进入大工业社会的现代人"那种因与社会不协调而产生的无端而又无限的厌烦情绪"；①就诗歌艺术来说，它是抒情艺术，更是法国波德莱尔式的前期象征主义艺术……这使晓春成为一位转折型诗人，他的诗，对中国传统的抒情诗歌是一种继承，对1980年代的朦胧诗歌更是一种超越。可以说，在中国的诗歌史上，王晓春占有承前启后的独特地位！

　　晓春1957年出生于哈尔滨脚下的一座古老的小镇——双城，十二岁时随家迁入哈尔滨，他秉承自父亲，有着惊人的文学天赋，但更有着惊人的学习、追求、创造的毅力和韧恒。十二岁时，还是个小学生的他就在报刊上发表了诗歌《我的梦》，其后，虽然走进军营，但他还是选择了以文学为职业，他是一个自己写作同时也看别人写作的人——一个作家和一名主任编审，人生依托于此，源于他对文学有着一颗正直的心灵和无限炽烈的情感……

　　晓春于上世纪80年代初走上文坛，1980年代初，正是朦胧诗崛起，北岛、舒婷、顾城等著名诗人的名字响彻改革开放的神州大地的时候，可是，晓春此时的创作却没有涉足诗歌体裁，他在小说和散文这两个文学领域默默地耕耘着；1980年代中期以后，当大多数朦胧诗人移民国外、或者转居深圳，投入经济发展的滚滚洪流中去时，晓春却因其对文学的挚爱而守在了文学界；进入1990年代，作家有一系列作品相继问世，长篇传记文学《林肯传》、长篇传奇小说《女乞丐王》就是此时作家耕耘的硕果。他创作——在创作的同时更是在学习——在深厚的中国传统文化知识结构上，他把目光转向了西方；他阅读——读波德莱尔的《恶之花》，读艾略特的《荒原》，读里尔克、马拉美和兰波的诗，读阿赫玛托娃和叶赛宁，更读罗马尼亚的保罗·策兰和瑞士的雅各特的著作。不仅如此，他还将阅读的视野从文学拓展到哲学、历史、宗教、文化、精神学与心理学等其他领域，当然他最热爱的哲人是西方非理性主义哲学家苏本华、尼采和萨特，他受俄国宗教文化的影响，也建立了自己的宗教世界观和方法论的思想体系……因此，当新世纪来临的时候，当他将自己的创作完全定位在诗歌领域并孜孜不倦地进行创作耕耘的时候，他已经从一个生活型作家成长为一名学者型诗人，与小说创作相比，他的诗歌可以说是上升到了一个极高的层次中来——一种严肃诗歌的层次，那是诗人情感之挚，那是诗歌选题之大，那是诗歌主题之烈，那是诗歌艺术之美。在此中，彰显出强烈的传统与现代、中国与西方多元文化立体交融的美学特征。

一、抒情主人公：传统人——现代人

晓春的诗，除了像写"玫瑰"那样的少数景物诗外，都有一个"我"存在，几乎无诗不在期间的，是一个抒情主人公——"我"，读晓春的诗，你会结识"他"，因为抒情主人公身上有诗人的影子，所以"我"的面相也许如诗人所描写的父亲那样，长着"帅气的剑眉"、"硕大如镜的双眼"和"雕塑般的嘴唇"（《青年父亲肖像》）。"我"用硕大如镜的双眼观察着这个世界，用帅气的眉之剑批化着这个世界，再用雕塑般的嘴唇把所见所化告知于这个世界，这个抒情主人公几乎显身在每一首诗中，无所不在地、无时无刻地与读者沟通，完全敞开了心扉……这个抒情主人公是"我"，也是你，是诗人，更是读者。"我"②是生活在我们这个大转型、大变革时代的整整一代人——一代不得不从传统中走出完成现代化激变的国民的代表，在这种从传统到现代的激变中，"我"袒露出来的，是格外痛苦和忧郁的内心世界，"我"特别向往的人生，是逃离这个世界，或者是死亡，因为"我"未能跟上时代的节拍，虽然"我"成长为一个"现代人"，可是我的内心还留守在童年——传统……

抒情主人公首先是个寓于自我情感世界的传统人，梁山伯与祝英台的爱情，是这个农耕大地上流传了几百年的最美丽的传说，相爱一生、相伴永远，是"我"的爱情目标，"我"格外祈求与珍视爱情，在《爱你》（3）中，抒情主人公告诉读者，有一个天使向他走来：

今天，也许是昨天，或许是前天
我于朦胧中望见一个天使
她没有长翅膀却带着人性的微笑
我用心对她说：爱你——
她用眼睛对我说：爱你——

多么美丽圣洁的女孩子啊！一段缠绵悱恻的爱情，再化作浓浓的亲情，"没有翅膀的天使"给了抒情者多少温暖，我们不得而知，然而，"在我四十岁那年，我的爱人不见了"，"当我成为乞丐后，我的爱人不见了"，"我"怎么会成为乞丐，这也许是社会变迁的缘由，"我"的爱人走了，由于"我"的爱情观是一生一世的爱情、一辈子的婚姻，所以"我"就开始了等待，然而那是《腐朽的等待》：

等待那个生命，等待那个存在
漫步在安静而虚幻的时间里
伫立在宁静而多梦的空间中
疲倦地祈求，疲惫地祈祷
等待中的等待变为纯粹的等待
不变的动作，固定的姿态
等待在多变的风中化作腐朽的等待

等待，在"虚幻的时间里"——"我"等待在不远的将来

她就能回来；等待，在"多梦的空间中"——"我"夜里做梦
都是她，盼望她再回到这个家；等待，"不变的动作，固定的
姿态"——"我"从来也没有向别的女性投去丘比特之箭……
就这样等待着这个熟悉的生命和存在，可她却是一个时尚现代
的女性，长翅膀的天使的目标是无上高远的天空，而没有长翅
膀的天使的目标却是穿梭在这个大地上，因为这个大地有无限
的财富和无比的地位。虽然在穿梭的路途中"她"有时回头看
看"我"，而给过"我"一次次回来的希望，可"她"最终却
没有回来，于是"等待在多变的风中化作腐朽的等待"……不
仅仅是风，还有雨雪霜露的浸透和敲打，有雷鸣电劈雾裹，于
是，久久等待的乞丐的"我"就像卡夫卡《变形记》里的格
利高里那样，猥琐变形，成为一个"异化者"，请看《撕梦》
（1）：

> 我是蛇，曲行在阴阳两界之间
> 沿途上的丛林幻化成嗜血的刀剑
> 猛然发现自己是一段没有灵魂的躯干
>
> 伸手可及的天幕像一张死人的脸
> 空洞的躯干形同僵尸慢慢地向前
> 体内早已熄灭的旧梦仍在试图复燃
>
> 遥远的地方传来阵阵急促的呼喊
> 蠕动的躯干雄狮般咆哮着勇往直前
> 那呼喊是他不死的灵魂在向自己呼唤

> 无数艳丽的玫瑰舞动着带刺的枝干
> 奔跑的躯干顷刻间化作雪花状的碎片
> 那哀伤的灵魂在天地间久久地哭泣回旋
>
> 我是石，将要在岁月的风霜里腐烂
> 却仍然不知道谁会整合那孤寂的碎片

已经不仅仅是对一个女性的等待的问题了，而是"我"和这个世界的关系问题。原来作为"宇宙的精华、万物的灵长"的"我"，现在却被异化成了一条"蛇"，由于被蚀干了精气和血液，"我"成为"一段没有灵魂的躯干"，爬行在如"嗜血的刀剑"般的丛林中，就是对这一段"没有灵魂的躯干"，"遥远的地方"还是要"传来阵阵急促的呼喊"，"无数艳丽的玫瑰"还是要"舞动着带刺的枝干"，把"我"抽割成"雪花状的碎片"，让"我"那"哀伤的灵魂在天地间久久地哭泣回旋"，谁来"整合那孤寂的碎片"啊？就这样，抒情主人公由一个崇尚爱情的传统者变成了一个被异化了的现代人，"我是一段没有灵魂的躯干蛇"，爬行在刀剑般的丛林，也是"一只受伤的公狼猥琐独行"，也像"一片被乞丐刚刚踩踏进雪地里的枯叶"，"更像一具陈列在试验室里萎缩老化的标本"（《醉乡·梦里》）……"我"异化和变形！

20世纪末、21世纪初，当"机器的轰鸣声""撕裂了空间幕布"，当夜之"散乱的碎片烟雾似的漫天飞舞"时，秋月凝视着"躺在地上的十字架"，明天是"一个另类的太阳升起"（《神的颜色》）……伴随着现代化进程的加速，是社会转型，信息化、电子化、全球化时代的到来，传统社会道德价值观念解体，"现代社会性道德"价值观念②建立。伴随社会的发展，此时的抒情主人公——"我"没有在经济方面、政治方面、社会地位方面从一个传统者发展成一个"现代人"，却在自我的心理与情感世界方面发展成了一个"现代人"，"我"是一个被异化者，敞开心扉，"我"的心灵已经不再是一颗享受爱情火热跳动的快乐幸福的心灵，而是一颗滴血的无限孤独与痛苦的心灵。《孤独地行走》就表达了主人公的这种孤独之感、痛苦之感：

　　像是在一个荒原上
　　像是在一处废墟中
　　像是在一片沙漠里
　　像是在城市或乡村
　　像是在梦里又像是在梦外
　　……
　　流了满地满地满地的血
　　踩着踏着趟着漫长的血路
　　孤独地行走，孤独地行走
　　行走……行走……行走……
　　并在行走中度过了今世的余生

　　走在荒原、废墟、沙漠、城乡、梦里梦外……四周没有任何一个身影，"孤独地行走"，还要"踩着踏着趟着漫长的血路"，这血路是流出的心血汇成的吧！"我"是多么想摆脱这种痛苦啊！于是"我"逃进另一个世界里——梦境，犹如卡夫卡笔下的那个小鼹鼠在地洞里心累地经营着。抒情主人公为了逃避客观现实，而置身于自我的主观世界里，徜徉在自己的一个又一个梦中。在梦中，"我"看到了"孔老夫子贪婪地咀嚼着弟子们进献的腊肉"，看到了"杜十娘于滚滚江水中伏在百宝箱上大呼救命"（《撕梦》〔3〕）的历史景况……在这样的历史景况中，"我"在梦里亦摆脱不了"我"的可悲的命运，于是"我"依然还是入梦前的那个痛苦和孤独的"我"，"我赤身裸体在我的梦里流浪"（《另一个生命》），"她裸露出一颗伤痕累累的心，向我喷射火焰，发射箭镞"（《死去的昨天》）……梦亦不能解脱，于是"我"逃避："沿着野兽的足迹，寻觅那原始的部落"（《寻觅》），可是最终却没能"逃离出现代都市"，"我"身染重病，渴望死亡：当"昨夜那哭嚎声"，"子弹般穿过墙壁"，当"那位老妇人的灵魂越墙站立在我的床前"，"冲着我发出开心的笑"时，我是那么"羡慕与嫉妒她"（《祝福死亡》）啊……然而"我"什么也没有做成，"我"还是那个异化者、小人物，"我"迈着踉踉跄跄的脚步，惨淡地经营着余生……

法国的象征主义诗歌先驱波德莱尔在他的《恶之花》里，打开了一部人类的"恶"的世界，那是"谬误、罪孽、吝啬、愚昧"，这些恶，"占据人的精神，折磨人的肉体"，人类用"可爱的痛悔"喂养着它们，"就好像乞丐喂养着它们的虱子"（《告读者》），可以说，波德莱尔"把丑恶、畸形和变态的东西加以诗化"，在描绘这些丑陋时引出深刻的哲理："精神的创造物永存！"这就是"忧郁和理想"。而晓春的诗歌则把孤独、痛苦、悲伤、无能、绝望等这些可怜的心理与精神体验加以诗化，与快乐、愉悦、幸福这些美好的精神与心理的体验相比，孤独、痛苦、悲伤、无能、绝望等这些精神体验也可以称作

"恶"，这是精神与心理之压抑和畸形，这就是抒情主人公敞给读者的内心世界。同是抒情主人公，拜伦的《恰尔德·哈洛尔德游记》中的那个"我"可是一个积极的入世者，他对19世纪贵族资产阶级的丑恶现实发出强烈抗议，热烈呼唤各国人民为争取自由解放而奋起斗争，他具有积极的性格特征。而晓春笔下的"我"则是消极的，"我"因与这飞速发展的社会不协调而产生了无端而又无限的厌烦情绪。可以说，波德莱尔重在写人性之"恶"，而晓春重在写心理与精神之"恶"，"我"是一个由传统激变过来的现代人，是心理、精神和肉体受到重创的现代人。就这样，诗人给读者描画了一个现代社会中的现代人的无助受难的异化人形象，"我"是新旧世纪转型时期整整一代国民的代表！一朵又一朵的"恶"之花，绽开在我们的身上、心上……

二、主题：社会批判——存在主义

晓春的诗歌大致形成了写爱情、写梦幻、写景物三大题材，塑造了从传统人发展成现代人的抒情主人公。这种题材和抒情者，使诗歌形成了两种不同的主题意蕴，在此中彰显出鲜明的传统与现代、中国与西方的不同的文化倾向性。

作为一名传统诗人，晓春的创作首先表现出中外传统诗歌的主题，那就是对爱与美的执著与追求，其一首又一首的"爱情诗"突出表现了该方面的主题意义，譬如在《我死的时候》一诗中，诗人以回荡的旋律，写出了抒情主人公对爱者的奉献，那就是："我死的时候，一腔静止冷却的血液，也会为你，凝结成紫色的玫瑰；我死的时候，一对黯淡干枯的眼珠，也会为你，倾尽最后的泪滴；我死的时候，一颗疲惫衰朽的心脏，也会为你，枯叶似地颤栗；我死的时候，一具冰凉僵硬的躯体，也会为你，发出微弱的气息……"在诗歌中，作为传统人的抒情主人公对他所爱的人表达了至死不渝的情感，表现出传统的婚爱价值观念。但是随着抒情主人公由传统人成长为现代人，"我"经历的则是两性的冲突和矛盾、婚爱的失败，诗人以众多首爱情诗突出表现了现代社会家庭婚姻关系解体的残酷现实：譬如"再也找不到你了——""我的爱情空空荡荡——"、"那么多女人狼一样聚拢在一起/疯狂地撕扯着我刚刚丢失的心"等等诗行……

　　然而，诗人的伟大在于，他能把自己那"硕大如镜的双眼"从个人婚爱情感移向社会，于是，批判现代社会的负面影响，要求重塑理想社会，尤其是要求建立和谐的人与自然关系就成了诗歌最鲜明的主题倾向。诗歌批判社会，批判现代社会的唯钱是求，物质崇拜，于是在"有着悠久历史的墙头"和"如梦中的泉水"，是"游荡在当下的蓬头垢面的灵魂"和"老鼠挣抢着食物和行进路线"这样的诗句（《当下的灵魂》）；诗歌批判现代社会有外无内的形式主义特征，于是就有了"皇帝的龙袍散发着酒与脂粉的气味"、"贵妃的长裙满是肮脏的汗渍和手印"这样的诗句，这些现代人的"灵魂被天使打入地狱"（《穿戴华服的灵魂》）；诗歌批判现代社会的自我中心、两性冲突、道德沦丧，于是就有地球男人"置身在传说中的女儿国里"时，被"所有的眼睛变化成一只眼睛"的怒视，被"所有的表情变化成一种表情"的痛恨（《石身》）；诗歌批判这个世界是一个"被另类的太阳照耀"着的世界——它的"大酒家于鼎沸的人声中蒸腾"，它的"屠宰厂在尖厉的嘶嚎里颤栗"（《醉乡·梦里》）……

但是，诗歌涉及最多的题材还是人类所赖以生存的自然环境的被破坏，在《多病的天空》中，诗歌描写"魔鬼的女儿在花丛中分娩／火水样地流过广袤的草原"；在《基督的叹息》中，诗歌描写"干燥的沙漠抵着枯死的树干／患病的天空处于半睡半醒的状态"；在《黑色》中，是"黑色的雪在黑色的梦中如尘埃滚动"；在《没有阳光的城市》里是"阳光唯恐被污染而总是躲避着这座城市"；在《生活在梦里》一诗中，诗人借抒情主人公的梦表现了对现代自然环境被破坏现实的强烈批判：

几乎每时每刻都在漫长的梦里梦见
刚刚进入二十一世纪做的第一个梦

花一般的垃圾用自身制作的炸弹摧毁了地球
蝴蝶状的尘埃散发的毒气让太阳陷入了昏迷
而海洋的冲天巨浪淹没了少女般的月亮……

大片皮肤样龟裂的土地生出鲜艳的翅膀
碧绿色的春天让奄奄一息的梦重获新生
所有的生灵都像鸟儿一样在空中筑巢栖居

树木花草置身于金色的空间歌舞、嬉戏
雄伟的山峰与艳丽的云彩聚合相拥在高处
水和火组合到一起孕育出一种新奇的生命

哦，原来一直都居住在梦里
因为在这里生活很安全、很安稳

一旦醒来，脆弱的肉身不知在何处栖息

诗歌描写了一个梦况的发展过程：梦初，抒情主人公梦见进入 21 世纪做的第一个梦，是"垃圾摧毁了地球、毒气让太阳昏迷、滔天巨浪吞没了月亮"，这是 21 世纪垃圾污染、有毒气体排放超标、全球气候变暖、龙卷风的社会现实；梦中，抒情主人公不见了 21 世纪的第一个梦，他梦见"龟裂的土地生出了翅膀、春天让梦重获新生、所有的生灵都在空中栖居"，这是 21 世纪被破坏的环境处在修复中的社会现实；梦尾，抒情主人公的梦还在继续，他梦见"花草在空间歌舞、山峰与云彩相拥、水火孕育新生命"，这是 21 世纪修复过后的大自然的美好景况……通过这一梦的内容，诗歌表面上好像表现了对人类绿色工业、节能环保的毋庸置疑，但实际上表现出来的却是对重塑人与自然和谐关系、建设绿色自然的深深的怀疑主题：抒情主人公"居住在梦里才安全、安稳，醒来肉身不知在何处栖息"，是为了表达上说的"美好"只不过是一种幻象、一种梦想，梦中景象四脚不沾地地悬于空中，这不是 21 世纪一个真实的客观存在……就这样，诗歌通过梦之美而美之幻的题材内容表现了现代工业社会的环境污染、人与自然关系被破坏的主题。这种主题倾向，继承的是传统诗歌讽刺批判的鲜明的主题意义。

但是随着抒情主人公完全成长为一个现代人，晓春的诗歌主题从传统诗歌的启蒙思想主题跌变为西方现代文学的存在主义主题。西方存在主义思想诞生于 19 世纪中期以后，是西方现代工业社会的发展所带来的生存竞争、人与人关系的冷漠、失业和破产等一系列无法解决的社会矛盾和问题的产物，当丹

麦哲学家克尔凯郭尔把哲学关心的主体从物质与精神、思维与存在的关系问题转移到"人"上来，即把自我主观世界所能感到的社会现实存在作为哲学的对象和本源的时候。20 世纪二三十年代，德国哲学家海德格尔和亚斯贝尔德继承了克尔凯郭尔关于哲学研究的新视点，他们认为，哲学的"存在者"——"人"面对一个无法理解的世界，这一世界使人陷入孤独和痛苦之中，所以，他们提出了"世界荒诞，人生痛苦"的存在主义思想，要想解脱这一痛苦，死亡或者是皈依上帝。存在主义思想在西方文学创作领域并未诉诸于诗歌体裁来予以充分表现，而主要是 1940 年代后法国的萨特、波伏娃、加谬等实为存在主义哲学家的兼职作家们通过戏剧和小说体裁来加以表现，他们对存在主义的哲学阐释又向纵深扩展了一步，那就是"存在先于本质、自由选择、他人就是地狱"思想，譬如萨特创作的三幕剧《苍蝇》就是为了阐释自由选择的主题。晓春的诗歌重在表现 20 世纪二三十年代海德格尔和亚斯贝尔德的"世界荒诞，人生痛苦"的主题：如诗人在《轮回》一诗中，通过中年时一如童年时那样看到一个手持佛尘的尼姑，引导出其"思"的主题倾向，其对世界的阐释就是"俗世是荒诞而无意义的"！如在《走出梦的世界》一诗中，诗人把截然对立的两种事物撮合起来，比如上帝本来是在路上传教的，可是诗歌写成"上帝在褐色的大街上叫卖红牛奶"；天使的翅膀有花朵，也是莲花，可是诗歌却写成"罂粟花在天使飞翔的翅膀上绽放"，还有"魔鬼的儿子跪在玫瑰的面前求爱……被遗忘的死者纷纷复活开始掩埋生者……作为野兽的我，因为被围困在梦的世界而进化成了人"，诗歌之所以把这截然对立的正反两组事物联合在一起，就是为了表现这个世界的反理性本质，突出这个社会的荒诞感。在这一荒诞的社会现实环境中，诗歌凸显出人的孤独和痛苦，如前文所述，诗人描画出"孤独地行走，孤独地行走"（《孤独地行走》）的抒情主人公，因为孤独，他得"似在抚摸，似在对话"家中的"几只干枯的老玫瑰"，因为"有了她们的存在，黑夜的存在就不是"主人所感到的唯一的"存在"（《老玫瑰》[2]）！但一天又一天漫长的孤独等来的是必然的死亡，正如德国哲学家所论，只有死亡或者是皈依上帝才能摆脱痛苦。所以，晓春的诗歌也就以众多首诗歌表现了死亡的题材，有如加缪《局外人》中的主人公莫尔索把死亡看做"幸福"和"爱"一样，晓春诗歌中的主人公也把死亡作为一种痛苦生活的完美解脱，请看在《为什么》（2）中，诗人所描写的"死"：

看不见月亮，踽踽而行
仿佛置身于鬼魅的世界
树木囚禁在砖石中似在哭泣
路在慢慢下陷，不知道为什么？

秋夜如病人的喉咙在喘息
空中的云像死人的脸一无生气
冷风拥抱着尘埃尽情地欢笑嬉戏
为什么——沉重的身躯在飘逸？

攀援而上五十二个台阶
再数着走下十二级阶梯
最后一步一步迈向二十九层楼宇

回望却是一片废墟——问什么？！

此诗中，诗人描写出了一幅自杀图景：抒情主人公攀上了五十二级台阶，又后退了十二级台阶，他在第三十级台阶上，沉重的身躯飘逸起来，"一步一步迈向二十九层楼宇"，抒情主人公在自杀时，心里连连地追问自杀的原因——"为什么"？诗中给予了象征性的回答："因为路在慢慢下陷"，因为"回望是一片废墟"！陷路和废墟正是抒情主人公置身其中的现实社会存在，那仿佛是一个鬼魅的世界，抒情主人公对这一世界的体验是"夜如病人的喉咙在喘息、云像死人的脸—无生气"，正是这样主人公选择了自杀，他希望到达那个楼宇能进入神的怀抱，摆脱现实存在，脱离这一鬼魅魍魉的世界……晓春的那些以幻梦所感为题材的诗歌表现的主要是这种西方存在主义的思想母题——世界是荒诞的，人生是痛苦的，唯一的解脱，就是死亡，这些诗歌表现了诗人深深的幻灭感！

在晓春诗歌中所表现出来的追求爱与美、批判社会以及表现存在主义思想的主题中，以社会批判主题最具有现实意义，就像波德莱尔在《恶之花》中通过"巴黎风貌"的抒写，"将他的目光转向了外部的物质世界，转向了他生活的环境——巴黎，打开了一幅充满敌意的资本主义大都会的丑恶画卷"③一样，晓春的诗也从对现代人的纤细的负面心理体验中走出，其对现代大工业社会发展的一系列负面问题进行了揭露和批判，诗人呼吁的是解决这些问题，以使现代人能从这一荒谬世界和痛苦人生中走出！

三、艺术：抒情艺术——叙述艺术——象征艺术

翻译家郭宏安在《恶之花》的序写中这样评论这本诗集的艺术特征——"《恶之花》在创作方法上有三种成分：浪漫主义、象征主义和现实主义，并不是彼此游离的，也不是彼此平行的，而经常是相互渗透甚至融合的，它们仿佛红绿蓝三原色，其配合因比例的不同而生出千差万别无比绚丽的色彩世界。"④无独有偶，晓春的诗歌也呈现出这种艺术特质——浪漫主义、象征主义、现实主义的融合，其融合的三位一体比例因诗而别，呈现出一种传统与现代、中国与西方相交融的文学特质，表现出一种多元文化立体融合的美学风采。

所谓浪漫主义，就是传统诗歌的抒情艺术；所谓现实主义，就是古典诗艺所描写的"赋"的叙述艺术；所谓现代主义，就是由波德莱尔开启，由维尔伦、兰波、马拉美等人发展了的前期象征主义艺术。就晓春的整体诗歌来说，那是一种在抒情艺术的大框架下融以叙述艺术但是更凸显象征主义的艺术特征，比如《古镇》一诗，就表现了这种三位结合的艺术特征：

谁在古镇的上空
弹拨红色的琴弦
发出喜庆而又夹杂着
几丝哀怨的音符？

青砖渗透出如水的月光
风儿撕裂了人与兽的笑声
一丛丛乱发枯柳般的摇曳

灰色的空间绽放出一朵朵罂粟

遥远的天际映出一片粼粼光波
圣女的幻影若明若暗地显现……
忽而望见基督正端坐在云中冷笑

昏黄的时间从古老的房屋下走过
身后汩汩流淌着污水一般的废墟
那上面布满了藏蓝和紫红色的沉渣

　　该诗主要抒发了对古镇沉沦的哀伤之感：那是琴声哀怨的古镇；那是被基督冷笑的古镇；那是废墟矗立和沉渣遍地的古镇……在此抒情的框架内，诗人主要采用了象征主义的艺术手法！象征的最基本含义是指"通过某一特定的具体形象来隐喻和暗示某种抽象的观念或思想情感"，正如英国文艺理论家查尔斯·查德威克所阐释的那样："象征是表现思想与情感的艺术，这种表现不是将思想和情感直接描述出来，而是通过一种象征符号来暗示出这些思想和情感是什么，可以说，作家将自己所要表达的思想和情感包融在这些不加解释的象征符号里，读者则需要阅读这些象征符号而把这些象征符号所隐含的思想意义重新创作出来。"⑤象征有"整体象征"与"局部象征"之别，"整体象征"是 20 世纪二三十年代以艾略特为代表的后期象征主义诗人所运用的象征技法，这种整体象征，就是把象征作为整个作品构思的出发点，全篇内容都包含有一种象征意义。在《古镇》的创作中，晓春运用的就是这种整体象征技法，诗人把"古镇"作为一个整体象征符号，描写了这个象征符号的姿貌，可以说，哀怨琴声、罂粟绽放、废墟矗立和沉渣遍地这些不好的变化构成了一个古镇的当今风景……诗人通过这个象征符号隐喻的是我们这个向现代化飞速发展转型国家的负面暗影，哀怨琴声，可以理解为底层人们的怨声；罂粟绽放，象征着社会犯罪等问题；废墟矗立隐喻着高楼林立，而沉渣遍地则是环境污染这些问题……在此种抒情艺术框架凸显整体象征的艺术手段中，诗歌也包容以现实主义——叙述描写艺术：如第二诗节的"青砖渗透出如水的月光／风儿撕裂了人与兽的笑声／一丛丛乱发枯柳般的摇曳"等景象描写，就是现实主义诗歌艺术，在诗人的那些以玫瑰、日月星辰等自然景物和客观社会现实为题材的诗歌中，凸显出来的就是这种现实主义艺术特征。可以说，在《古镇》一诗中，象征主义所占的比率最大，其次是现实主义，而抒情艺术的份额则相对较少。

在诗人创作的一首首诗歌中，抒情、叙事和象征所占的比率因诗而异，比例并不均衡，比如在诗人的那些以爱情为题材的诗歌中，抒情成分很大，有时到了绝对抒情、而没有叙述和象征的成分在内，比如《孤独地燃烧》一诗：

我把爱全部给了你
像星球一样环绕着你
而你却真的像太阳那样
将我点燃便任我孤独地燃烧
每天都匆匆地从东边向西边走去

诗歌把抒情主人公——"我"比喻成一个星球，把对方比喻成一个太阳，星球被太阳点燃，是说我被对方"撩"出了爱情，我是那么那么地爱对方，把爱全部给了她，可是对方对我却并不在意，每天都航行在自己不变的轨道上。诗歌抒发情感：我是多么地爱你啊！而你对我却冷若冰山！你对我如此冷漠，那时候你说爱我干什么啊……嗨——复杂的社会！难测人心啊！就这样，诗歌通过比喻来抒情，那一个又一个具有质感的文学形象，如落英缤纷，遍洒在诗歌中，让读者在诗中既解读了诗人所要表达的情感，又享受到了美——诗艺之美……譬如《无名花》、《水与火》、《天使》等爱情诗歌，采用的都是这种凸显比喻的抒情艺术！

　　但是，在晓春的诗中，像《孤独地燃烧》的这种绝对抒情艺术诗歌所占的比例并不大，晓春的诗绝大多数都表现出在抒情艺术的框架中融以叙述艺术而凸显象征主义的艺术特征。但这种象征主义，并不是《古镇》那样的后期象征主义的整体象征艺术特征，而是波德莱尔、维尔伦、马拉美等前期象征主义者的"局部象征"，如果说，波德莱尔于传统的叙事和抒情艺术中，将象征作为一种如同比喻、讽刺、渲染的技法，局部性、零散式地融入创作中，那么马拉美则更多地发挥了"梦幻"的作用，他将梦幻艺术作为和比喻、讽刺、渲染等同一的艺术技法，应用到诗歌中，为的是使诗歌拓展写心理的内容和写人的潜意识的题材空间，这种局部象征不具备整体象征的那种大一统的领导作用，晓春的象征主义诗歌创作，从整体上体现的就是波德莱尔和马拉美这样的"局部象征"艺术，尤其是马拉美那样的梦幻式局部象征艺术，请看《我和我在一起》：

　　在多雨的六月，我和我在一起

夜以继日地做着一个又一个的梦

天堂里开放出一朵朵黑色的鲜花
地狱中飞翔着一群群圣洁的白鸽
人与动物进行着激烈的球赛
地球被指定为唯一的比赛用球
太阳和月亮正在举行着婚礼——
石头被切割成一块块松软的蛋糕
水经过烹调成为一道道精美的菜肴
火是喜宴上最受欢迎的顶级佳酿

梦醒时，我还是和我在一起
仍在回忆着梦中的一幕幕场景
潮湿的空气里弥漫着馥郁的芳香
我知道，那是来自空谷的幽香……

　　该诗最突出地表现了在浪漫主义的艺术框架内包容以现实主义并凸显出梦幻式局部象征主义的艺术特征。首先，诗人以现实的记叙悠然地记录下"在多雨的六月，我和我在一起"，"夜以继日地做着一个又一个的梦"；然后诗人以抒情的笔法，热烈地抒写出梦的内容："天堂里开放出一朵朵黑色的鲜花/地狱中飞翔着一群群圣洁的白鸽/人与动物进行着激烈的球赛/太阳和月亮正在举行着婚礼/石头被切割成一块块松软的蛋糕……"诗歌看上去好像在热烈地抒发大自然的美好，实际上所表达的却是另一种主题倾向——对大自然的被破坏的强烈不满！这种情怀，诗人通过"鲜花"、"白鸽"、"球赛"、"婚礼"、

"蛋糕"这几个象征意象表达了出来："鲜花"是黑色的，却从天堂里绽放，这意味着空气污染、臭氧层的被破坏这些现实问题；"白鸽"是圣洁的，然而却是从地狱里飞出，这意味着地面上生产出来的东西已经失去了圣洁，那是喧嚣的工业文明，是掠夺人生命的非绿色农业；"球赛"在人与动物间进行，这意味着球赛已经失去了体育比赛的意义，此象征着人类对动物的毁灭性掠夺，对自然环境的极度破坏；日出而月落，月出而日息，这是亘古不变的大自然的法则，人类要生存，就必须遵守这一法则。然而，在现今，这一法则却被破坏了，"婚礼"在太阳这个新郎和月亮这个新娘间举行，这隐喻着人类终将毁灭的命运，婚礼上的"蛋糕"，却是由石头做成，这隐喻着山体滑坡、泥石流、地震、火山……这是近年来在地球上多么频发的灾难和毁灭啊！"鲜花"、"白鸽"、"球赛"、"婚礼"、"蛋糕"，诗人用这些具有质感的象征意象，抒发了怎样的一种情感啊，拯救拯救地球吧！让人与自然和谐地相处吧，如果一味地破坏、破坏，那么给全人类带来的，就是毁灭的命运啊！诗人在抒发完这种情感之后又归于叙事，那就是："梦醒时，我还是和我在一起／仍在回忆着梦中的一幕幕场景。"

在晓春的诗歌中，其整体创作使用的就是这种在抒情艺术的大框架下包容以写实艺术但是更凸显局部象征的艺术技法，这种象征意象是一个个缤纷绚丽的花朵，然而那是内蕴着丑恶与痛苦的"恶之花"，它绽开在晓春的所有诗歌中，像《梦》（1）中的"棺木"，像《老树》中那棵孤独忧郁的"老树"，像《我是谁》中的"妖魔"，像《石头》中的"石头"，像《杨树的阴影》中的那个"影子"等等，晓春的这种现实主义、浪漫主义和象征主义三位一体结合的诗歌创作艺术特征，表现的正是前期象征主义的诗歌艺术特征，只不过在他的诗歌中，不像马拉美和兰波的诗歌那样，强烈地追求诗歌的音乐美，因此他的创作艺术，更有着波德莱尔的诗歌艺术特质。

总之，王晓春的诗歌创作表现出一种"传统诗歌和现代诗歌、中国诗艺与西方诗艺"相结合的文学特质，呈现出一种"多元文化立体融合"的美学风采：那是抒情主人公的从传统走向现代；那是主题上从启蒙思想到存在主义的激变；那是浪漫主义、现实主义和象征主义的三位一体结合艺术……在此"新"与"旧"、"内"与"外"的文化融合中，诗人尤其表现出了 19 世纪七八十年代法国前期象征主义的开拓者波德莱尔的诗艺特征：那是在选题上的负面性主观心理体验；那是对社会的批判意义；那是在现实主义的"赋"和浪漫主义的"兴"的基础上凸显出"示"的象征主义艺术技法。20 世纪 80 年代，中国诗坛的"朦胧诗"创作整体表现出象征主义的诗歌艺术特色，那种象征主义，更多地表现出"抒写客观社会、象征技法也比较严谨"的西方后期象征主义的文学特色，进入 20 世纪末、21 世纪初，诗歌则进入大白话式的后现代写作风格阶段，不管是在诗歌巅峰口上的上世纪 80 年代，还是进入谷底的 21 世纪，前期象征主义诗歌都是读来寥寥，唯有晓春的诗歌，表现出西方前期象征主义的诗歌风彩，那是纤细的负面心理化选题，那是凸显梦幻的前期象征主义艺术，那是一种朦胧美和神秘色彩……晓春的诗歌，是中国诗坛上的一朵前期象征主义的靓丽奇葩，和波德莱尔的《恶之花》一样，它以其独有的风姿绽开、开放，开放在中国大地上！

注释:

①袁可嘉著《欧美现代派文学概论》第98页,广西师范大学出版社,2003年版。

②李泽厚著《历史本体论》第60页,生活·读书·新知三联书店,2008年版。

③④郭宏安著《波德莱尔:一位承前启后的诗人》,见《恶之花》第1页、第2页,华夏出版社,2007年版。

⑤查尔斯·查德威克著《象征主义》第26页,郭洋生译,山花文艺出版社,1989年版。

2010年11月13日于哈尔滨

序作者简介:张敏(1965—),女,黑龙江勃利人,黑龙江大学文学院教授、硕士研究生指导教师,主要从事"比较文学与世界文学"的教学和研究工作。

幽深的神魂漫游

——序《另一个世界的诗》
张同吾

前几天我随中国人民对外友好协会代表团赴莫斯科，参加我主编的《中国现代诗选》（中俄双语版）首发式，金秋十月那里已经很冷，回到北京便感冒发烧，刚刚康复便有讲座、开会之类的事排得很满。正值此时，经朋友力荐让我为黑龙江诗人王晓春的诗集撰写序言，哈尔滨是我的生身之地，故土诗友难以推却，便挤时间匆匆阅读他的《另一个世界的诗》厚厚的书稿。

他所指的"另一个世界"，自然是内心世界、感觉世界，其中大多篇什都是写梦，有真实的梦也有象征的梦。最初使我感到惊异的是，有些梦境似乎过于幽暗和苍凉，含容着他许多愤懑不平："腐朽的天空俯视着充满欲望的土地/一座座山峰在乱云间像男人的叹息/一条条河流像女人的泪滴/时间隐没，空间断裂，却没有纪念日"（《没有纪念日》）；"我的日子在灰暗的空间乘翅飞翔/因尘埃的阻挡，未能抵达欲望的天际/那天晚上，我看见忧伤的月亮/正在忧伤地清洗着伤口……"(《日子·2》);"我孤独地行走在原野上／黑夜撕毁了我豪华的衣裳／顷刻间，我一无所有——／那看得见的明天也不再拥有／因为我的灵魂早已空空荡荡"(《一无所有》)。我与晓春迄未谋面，亦无神交，不了解他的人生经历和情感际遇，但感觉到他是以犀利的目光注视着"热爱与厌倦交替，华美与劫难共存"的"尘世"。的确，随着物化趋势急剧膨胀，也强化了恶性竞争，在多元价值共存的背景下，让个人命运有更多的不确定性，所以晓春感叹在"谷物女神经过的地方／神秘的多样化让人无法抵达"(《荒芜的土地》)。有一位作家曾深刻地指出："当人类变得愈来愈事务化，当贪欲得到了技术的支持，当争斗发展了人的智慧，而智慧又发展了人类的争斗，使争斗达到了毁灭自身的边缘，当生活变得愈来愈匆忙，匆忙得似乎忘记了生活；当浅薄、迎合、刺激、猎奇的油彩差不多淹没了艺术的真容，诗能帮助我们吗？诗能拯救现代人的灵魂吗？"(王蒙:《在接受蒙代罗国际文学奖时发表的讲话》)。很显然，这是一种热切呼唤，期待以诗的良知滋养纯净的灵魂。

诗人王晓春的可贵之处，在于他虽有愤慨，有痛苦，有失落，有矛盾，有时他看到"血红色的灰尘遮盖了这个世界的恐惧／一切都是虚无，一切都是虚幻／冬天的背后不一定就是春天"(《站在废墟上的梦》)；尽管他看到"没有阳光的城市"，"为拥有华丽的垃圾而自豪"，但他的精神主体是坚持独立不移的人格，依然看到生活的亮色，看到人性的光芒，去营造一片心灵的净土。他相信人间有不败的"四季风景"："你的身体由冬天的月光构成／而我的身躯是以夏日的火焰形成／我在月光里燃烧，你在火焰中流淌／用欢乐抚摸冬夏，用痛苦抚摸春秋

/最终化作四季风景悬挂于永恒的夜空。"当新的时代已经降临，他相信"未来将是天地互换位置的世界/上帝也会用新思想构建出新乐园"(《新乐园》)；他相信"路的尽头矗立着神的居所/真诚地祝愿，虔诚地祝福"人们"顺利抵达并在那里收割永恒"(《收割永恒》)。未来多么令人神往："那里开放着鲜花，那里长满了青草/那里是一个遥远而神秘的地方"(《遥远而神秘的地方》)。为此，他要"生出翅膀飞向天堂"，"而我干枯的躯体再生出新的生命/并有上帝的感觉在其中跳荡……"(《上帝的感觉》)，他把自己纳入人类艰难前进的行列中，为了寻觅"天堂"，"流了那么多血，淌了那么多泪"，终有一天"将看到我的血泪在最高的山峰上绘制的图像/望见我的残骸蝴蝶般飘飞在那最亮的星辰上"(《世界将看到……》)。这是多么绮丽的遐想！诗人就是这样，神思在时间和空间中穿越，情感在波峰和波谷中激荡，时而彤云密布，时而天朗气清，时而痛心疾首，时而笑逐颜开，从而构成了多姿多彩气象万千的心理图像。

在《另一个世界的诗》中，有许多爱情诗，相聚与别离，甜蜜和忧伤，思念和向往，都深深地镌刻在记忆的屏幕上。人生就是这样，许多平庸的瞬间，都会随风飘散，而许多珍贵的瞬间，因刻骨铭心而成为永恒："那时的路，那时的花，那时的树/那时的栖居之地以及那时的一切/重又复活在眼前，跳动在生命里/而那时的她，身上散发的那股稚嫩的香气/此时，正从潜藏她的隐秘处慢慢涌起……"(《香气》)；怎能忘记"那是个阴雨绵绵的黑夜/冷风把破碎的雨滴砸向我的躯体"，"恰在此时，你在天上画出一盏灯/并且遵从上帝的旨意——/化作天使，向我展开伞状的羽翼"(《天使》)，这是爱到极至生

发的幻像，确如神话般的美丽。有了爱情就能"把鲜花的芳香
植入太阳中／把树木的根须移入月亮里／从此，改变了那片陈
旧的天／从此，更换了那块苍白的地"(《改天换地·2》)。从
中我们会感悟到，至纯至圣之爱将会融入生命的年轮，与生命
之树一起长青。

晓春的诗以太阳、月亮、玫瑰和土地为主体意象，书写了
灵魂的画卷，空灵而绚丽，其中有大开大阖的情感波澜，有丰
富而凄迷的想象。他写诗不掩饰不做作，处处可见其赤诚和灵
气。我希望他能既珍视自我又不囿于自我，面对沸腾的生活，
面对广阔的天地，面对时代急剧的变革，创作出视野更广阔更
富有思想深度的作品。

是为序。

2010 年 10 月 28 日，北京

（作者系中国诗歌学会秘书长）

另一个世界的诗

Another world poetry

四行诗 / *quatrain*

‖ 古道

黄昏时，雾中隐约显现出散乱破败的枝条
枯黄的花瓣和死去的叶片闪动着幽灵般的光
在那条蛇形的写满文字并刻有深深足印的古道上
那些花瓣和叶片开始散发出尸体腐烂的气味……

2009 年 4 月 20 日下午于黑龙江省中医二院

‖ 多病的天空

魔鬼的女儿在花丛中分娩
火水样地流过广袤的草原
十字画在多病的天空上
阴性的月亮被切割成碎片

2009 年 10 月 10 日凌晨完稿于出尘斋

‖ 荒芜的土地

那是一片荒芜了很久的土地
因封锁在月光里而显得神秘
也许是谷物女神经过的地方
神秘的多样化让人无法抵达

2009 年 10 月 11 日早晨完稿于出尘斋

‖ 水的追随

冬天摧毁了那些淫荡的叶片
十字路口上纠集着腐朽的树干
肮脏的积雪混淆了耶稣的视线
天使却让水在明天的梦里将我追随

2009 年 11 月 28 日傍晚于出尘斋

‖ 当下的灵魂

那墙头上的野草有着悠久的历史
那山下的溪流纯净如梦中的泉水
而游荡在当下的灵魂却蓬头垢面
同老鼠挣抢着食物和行进的路线

2009 年 11 月 30 日傍晚完稿于出尘斋

‖ 没有纪念日

腐朽的天空俯视着充满欲望的土地
一座座山峰在乱云间像男人的叹息
一条条河流在河床上像女人的泪滴
时间隐没，空间断裂，却没有纪念日

2009 年 11 月 30 日傍晚完稿于出尘斋

‖ 凝固的闪电

那些习惯生活在沙漠和岩石上的老者
居高而坐，如同一座座静止的雕像
似在回忆逝去的季节和梦中的极乐
眼里放射的光像一道道凝固的闪电

2009 年 11 月 30 日傍晚完稿于出尘斋

‖ 沉睡

我在灰色的季节里赤身裸睡了很久

醒来却望见一具带着花香的女尸

被送往垃圾场焚化，便再度睡去……

像永远沉睡在拉塔莫斯山上的恩底弥翁

2009 年 11 月 30 日傍晚完稿于出尘斋

‖ 柔弱的身体

夕阳躺在古老的城墙上叹息
石头与落叶紧紧拥抱在一起
黑夜降临时，摆脱了梦的追逐
却在月光里触摸到柔弱的身体

2009 年 12 月 5 日傍晚于忘忧泉

‖ 受到威胁的土地

我忧伤的面庞在黑暗中栖息

耶稣冷笑着凸显在天际

病毒和垃圾燃起了火焰

正在威胁着守护我的土地

2009 年 12 月 7 日傍晚于落花泉

‖ 没有阳光的城市

那个城市为拥有华丽的垃圾而自豪
同时收容时间的尸体和空间的坟墓
掌权者在看似人的身上长着鬼魅的脑袋
阳光唯恐被污染而总是躲避着这座城市

2009 年 12 月 9 日傍晚于民和泉

‖ 日子（1）

明亮的灰尘装点着寒冷的日子
纸做的车队在街市上炫耀着华丽
而我留在那条崭新道路上的脚印
却被痉挛的闪电在日出前抹去

2009 年 12 月 11 日中午定稿于出尘斋

‖ 日子（2）

我的日子在灰暗的空间里乘翅飞翔

因尘埃的阻挡，未能抵达欲望的天际

那天晚上，我看见忧伤的月亮

正在忧伤地清洗着伤口⋯⋯

2009 年 12 月 11 日中午定稿于出尘斋

‖ 复活

从冰冻的河面走上彼岸
清除脸上的灰色空间
砸开时间漫长的锁链
以燃烧的姿态复活原始的火焰

2010 年 1 月 28 日傍晚于出尘斋

‖ 不一样的世界

孤独地走在溪水与污水的缝隙里
身体竟奇迹般地保持着干燥的状态
而那流出的泪水却如花在脸上开放
也许走到终端会是一个不一样的世界

2010 年 2 月 6 日下午于民和泉

‖ 燃烧的血液

那燃烧的血液令人震惊
仿佛红玫瑰在风中舞动
艳丽的影像感动着河流
激越之声让上帝为之动容

2010 年 2 月 9 日凌晨定稿于出尘斋

17
四行诗／*quatrain*

‖ 水与火（1）

魔鬼为玫瑰的凋零流泪
月光在雪山上火样地燃烧
如水的尘埃洗涤着天使的翅膀
夕阳触动了河水隐秘的记忆

2010 年 2 月 21 日凌晨于出尘斋

‖ 水与火（2）

我生活在水与火之间
生长在坚硬的石头里
经常面对一个无声的世界
却用水和火书写着历史

2010 年 3 月 7 日傍晚于落花泉

‖ 尘世

喧嚣的尘世不断变化，不断变形
未成熟的正汲取营养并仍在成长
而那些成熟的已经开始走向衰亡
热爱与厌倦交替，华美与劫难共存

2010 年 2 月 28 日下午于出尘斋

20

四行诗／quatrain

‖ 像孩童一样生活

你要像孩童一样生活
把你的目光构成花的图像
柔和，优美，鲜艳，完整
将那稚嫩的脸庞嵌入其中

2010 年 4 月 12 日晚于纯净泉

21

四行诗／*quatrain*

‖ 晚景

晚来的美景何以如此光辉灿烂
并且连续不断，并且久久不散
这应该一直追溯到一万年前
因为那时我们曾见过一面……

四行诗 / *quatrain*

2010 年 4 月 14 日晚于美景泉

‖ 十二月

基督钟情于十二月

用神秘诠释前十一个月

用复活的圣体弹拨血色的回忆

而我和你都出生在十二月……

2010 年 5 月 8 日上午于省中医二院

‖ 金色柔情

黑色的月亮悬浮于白色的夜空
红色的阴影蜷缩在灰色的光线中
地狱里高贵的心缓缓向东运行
那儿正痛苦地孕育着金色的柔情

2010 年 5 月 12 日晚于九龙泉

‖ 最后的鲜红

神秘在神秘里追寻神秘

身在仰望，心在遥望

灵魂包裹在上帝指定的颜色中

感悟着五月那最后的鲜红……

2010 年 6 月 1 日上午于省中医二院

‖ 等待燃烧

栖居的所在像是无人的旷野
柔弱的光照试图复活枯枝败草
而远处的大山还是那么孤傲
依然沿用梦幻的姿态等待燃烧

2010 年 6 月 21 日下午于出尘斋

‖ 未来的印象

儿时的梦记录在灰暗的天空上
未来的印象深藏在土地的最底层
山峰与白云对话时猛然发现——
自己的根部正行走在古老的森林中

2010 年 6 月 27 日深夜于通达街

‖ 重生

你在梦中把我的居所挪移到天空
并用黑色的火焰点燃了红色的土地
群山在颤抖……海水在腐烂……
而梦醒的那一刻将会让你获得重生

2010 年 7 月 12 日于出尘斋

‖ 红色的荒芜

白雪把黑夜擦洗得晶亮
猎犬在橙色的火焰中爬行
泛滥的河水狼群似的逃窜
红色的荒芜让世界充满了力量

2010 年 8 月 3 日晚于自然泉

‖ 美丽

彩虹尽头的色彩令人震撼

瞬间便缔造出永恒的美丽

魔鬼擦上脂粉也掩饰不住丑陋

而月亮圆时缺时都是那么美丽

2010 年 8 月 11 日上午于出尘斋

‖ 永远怀恋

我的头颅顶着很多天
在水和火上旋转行进
忘了时间，忘了空间
只想让我永远怀恋天

2010 年 8 月 16 日傍晚于禧温泉

‖ 上帝的感觉

我的居所生出翅膀飞向天堂
隐约望见你正模仿我祖母的忧伤
而我干枯的躯体再生出新的生命
并有上帝的感觉在其中跳荡……

2010 年 8 月 24 日下午于禧温泉

另一个世界的诗

Another world poetry

▼

五行诗 / *cinquain*

‖ 上帝的化身

那是来自彼岸的旋风
匆匆讲述着我的命运
因风速太快什么都没听清
这时，有个女人含笑而来
我却怀疑那是上帝的化身

2009 年 12 月 1 日晚完稿于出尘斋

‖ 在干净的灰尘里书写

我坐在苍白的冬天里
在滚烫的水上书写
在松软的石上书写
而在很久很久以前
我是在干净的灰尘里书写

2009 年 12 月 7 日傍晚于落花泉

‖ "暗物质"

月光掠过断桥

土地忘记了生日

基督躲在暗处暗示

拨开乱象——

也许能看见"暗物质"

2009 年 12 月 21 日深夜完稿于出尘斋

‖ 纯粹的存在

在孤独的远行中
寻觅着一种纯粹的存在
一片永久属于自己的土地
花与草之间或山与水之间
把自己化入平和幽静的画面

2009 年 12 月 25 日傍晚写于雪花泉

‖ 血泪人生

我关爱我：身体就是自己的家

我守望我：心就是自己的全部

大自然为我绘制美丽而丰盈的图像

她情人般栖居、依偎在我的心中

而我则以血和泪滋养着人生……

2010 年 1 月 6 日傍晚完稿于出尘斋

风在路上行

我的前后左右都是路
而正在走的这条路
没有标明通向何处
回头望：足印密布
向前看：只有风在路上行

2010 年 1 月 15 日傍晚于名岛海鲜

‖ 收割永恒

你情愿走那漫长而艰辛的路
令人赞叹，令人敬服
也许路的尽头矗立着神的居所
真诚地祝愿，虔诚地祝福
顺利抵达并在那里把永恒收割

2010 年 3 月 25 日晚于民和泉

‖ 四季风景

你的身体由冬天的月光构成
而我的身躯是以夏日的火焰形成
我在月光里燃烧，你在火焰中流淌
用欢乐抚摸冬夏，用痛苦触摸春秋
最终化作四季风景悬挂于永恒的夜空

2010 年 6 月 15 日下午于禧温泉

‖ 新乐园

那银灰色的阴影散布的幽香
从现代都市流淌到古老的荒原
手像脚行走着，脚像手舞动着
未来将是天地互换位置的世界
上帝也会用新思想构建出新乐园

2010 年 7 月 19 日凌晨于出尘斋

‖ 一无所有——给 X.L

我孤独地行走在原野上
黑夜撕毁了我豪华的衣裳
顷刻间，我一无所有——
那看得见的明天也不再拥有
因为我的灵魂早已空空荡荡

2010 年 8 月 8 日下午于公交车上

43
五行诗／*cinquain*

‖ 回望原野

那两个星期跨越了两个季节
触摸到夏的热，触碰到秋的凉
曾经把心交给了那短暂的时光
曾经把梦倾注到那瞬间的幻想
终了一如向空旷的原野回望

2010 年 8 月 13 日中午于耀景街

‖ 世界将看到……

我以飞鸟的身姿穿越无边的时空

流了那么多血，淌了那么多泪

终有那么一天，你们和你们的世界

将看到我的血泪在最高的山峰上绘制的图像

望见我的残骸蝴蝶般飘飞在那最亮的星辰上

2010 年 8 月 14 日晚于禧温泉

‖ 基督重上十字架

上帝偶尔把水和火合成一体
而天使时常让血与泪分离
我们却经常举着眼珠观看风景：
花园荒芜，土地皲裂，河道干涸
无奈的基督只好重上十字架……

2010 年 8 月 15 日上午于出尘斋

‖ 遥远而神秘的地方

天空如火，大地如水

而中间塞满了细菌和垃圾

我们把呼吸藏在看不见的地方

那里开放着鲜花，那里长满了青草

那里是一个遥远而神秘的地方……

2010 年 8 月 17 日凌晨于出尘斋

‖ 鸣响丧钟

褐色的白日梦行走在树林中
橘红色的矮墙窥视着天空
魔鬼哭泣着告诉上帝——
唯一的女儿将在冬季出殡
恳请天使届时为她鸣响丧钟

2010 年 8 月 19 日下午于禧温泉

‖ 啜泣的钟声

落叶状的秋雨漂浮在黎明前的上空
刚才还疯狂弹奏着空气吉他而现在
却不间断不停息地前行仿佛海底的
天使鱼安静地行走在无边的黑色水域
那样子像是听见了钟声正在远方啜泣

2010 年 8 月 28 日上午公交车一稿
2010 年 8 月 29 日凌晨出尘斋二稿

‖ 秘密

那暮秋的枝条构画出你的身形
像冬天里孩子们随意堆积的雪人
冰冷的雨滴冲洗着血迹般的灰尘
潮湿的空气中浮动着粉红色的气体
而我隐约望见了你过去的一个个秘密

2010 年 8 月 31 日下午于禧温泉

‖ 面对春天

夏日的火焰险些焚毁了我脆弱的躯体
萧瑟的秋天更是让我的心灵备受摧残
渴望尽快看到那漫天的雪花编织的风景
让情绪平静，让思绪安静，让心绪宁静
用一种平和的心境去面对那骚动的春天

> 2010 年 8 月 31 日夜禧温泉一稿
> 2010 年 9 月 5 日中午出尘斋二稿

‖ 空旷

五行诗／*xingshi*

我的灵魂被粗俗的肉体捆绑了很久
白天看不见日光，夜晚望不见月光
想从废弃的教堂里娶个朴素的妻子
在她那朴素的洁白里借用一点点光亮
但走近教堂却见那里如原野一样空旷

2010 年 9 月 9 日傍晚于禧温泉餐厅

‖ 未知（1）

哦，那未知的人儿——
也许正隔岸遥望着另一个未知的人儿
上帝，神秘的上帝，神圣的上帝
何时让那两个未知的人儿合成一体
把精彩而灿烂的死奉献在你面前？

2010 年 9 月 9 日夜于禧温泉

‖ 未知（2）

那未知的镜像

何时展示在前？

若是风暴，若是雷电

便撕毁观望的视线

便焚毁期待的生命

2010 年 9 月 9 日夜于禧温泉

另一个世界的诗

Another world poetry

十四行诗／*sonnet*

‖ 青年父亲肖像

额头下那帅气的剑眉

仿若古巴比伦的守护神，硕大如镜的双眼

俯视着那座古老的小镇

雕塑般的嘴唇，似在微微透着青春的咳喘

又仿佛凝固了的永恒的笑纹

在淡淡的中山装的包裹中

像悬浮于浅浅的云头

默默思想着，静静祈盼着

寻觅一条迈出古旧小镇的曲径

让那几经迁徙的游牧一族

失去对沙漠的记忆，从此

重生一片栖身的新鲜绿地

你那昏黄朦胧的影像，早已化成血液

溶进了我的体内和心房

2007 年 1 月 4 日凌晨于哈医大病房

‖ 撕夜

我独行在与天边交界的山路上
头顶上的星辰闪烁着迷乱的白光
猛然想起把影子遗忘在初始的地方

回头望见山脚下自己那忧郁的身影
枯井般的眼里飘忽着无限哀怨的光
隐约听见有很多人在呼唤着我的乳名

那么多女人狼一样聚拢在一起
疯狂地撕扯着我刚刚丢失的心
腾空飞溅的血染红了满天的星辰

一双纤细的手在云中显现
正在修补我那颗破碎的心
却始终见不到那补心的人

我长久地仰望着空寂的云天
直到化作石像与她永久为伴

2008 年 4 月 6 日定稿于出尘斋

‖ 撕梦（1）

我是蛇，曲行在阴阳两界之间
沿途上的丛林幻化成嗜血的刀剑
猛然发现自己是一段没有灵魂的躯干

伸手可及的天幕像一张死人的脸
空洞的躯干形同僵尸慢慢地向前
体内早已熄灭的旧梦仍在试图复燃

遥远的地方传来阵阵急促的呼喊
蠕动的躯干雄狮般咆哮着勇往直前
那呼喊是他不死的灵魂在向自己召唤

无数艳丽的玫瑰舞动着带刺的枝干
奔跑的躯干顷刻间化作雪花状的碎片
那哀伤的灵魂在天地间久久地哭泣回旋

我是石，将要在岁月的风霜里腐烂
却仍然不知道谁会整合那孤寂的碎片

2008 年 7 月 12 日定稿于出尘斋

‖ 撕梦（2）

那么多的梦——
新梦、旧梦、美梦、噩梦、春梦、白日梦……
从天上，从地下，从四面八方
幻化成形形色色的影像——
痴男、美女、魔鬼、女巫、僵尸、怪兽……
纷纷在我的身前身后游荡、追逐
时间被搅得狂乱，空间被撕成了碎片

我迷失了前行的方向
而它们拿着牙齿晒太阳
好心地告诫我：亲爱的，别迷路啊

我的嘴巴不能说话，脑子不能思想
像个植物人更像一具干枯的木乃伊

也许我将被这众多的梦
永远地纠缠着、撕扯着

2008 年中秋节定稿于出尘斋

‖ 撕梦（3）

我在布满阵亡将士的古战场上独行
太阳被千堆黑云感染成一个危重病人
月亮被两座高山挤压成一只滴血的野兽

孔老夫子贪婪地咀嚼着弟子们进献的腊肉
诗仙李白酒后的呕吐物让杨贵妃大口地呕吐
杜十娘于滚滚江水中伏在百宝箱上大呼救命
我在二十一世纪里拖着残疾的身体不知在寻找什么

太阳已战胜重重乌云正在慢慢地恢复体力
月亮却没有逃脱大山的重压很快就断了气
从那个时候开始，白天越来越明亮璀璨
夜晚却变成了一个阴暗漆黑的魔幻世界

从远古到现在，我走了比一百个地球还多的路程
血汗流成了千百条河，扯断撕碎了千万张梦的网
也许只是为了寻找一个同美女一样光鲜柔和的月亮

2008 年 12 月 5 日凌晨于出尘斋

‖ 醉乡·梦里

走在纸钱样狂风乱舞的雪中

大酒家于鼎沸的人声中蒸腾
兽医院于凄厉的犬吠中晃动
鲜花店在沉醉的幽香里入睡
屠宰厂在尖厉的嘶嚎里颤栗
服装店于滚烫的体温中死去
寿衣铺于冰冷的寒气中重生

而我，却像一只受伤的公狼猥琐独行
也像一片被乞丐刚刚踩踏进雪地里的枯叶
更像一具陈列在试验室里萎缩老化的标本
不知道自己身在何处，心在何方
更不知道自己生在哪里，死于何地
如同一缕游魂，漫无目的地到处飘荡

哦，原来我依然在那醉乡里和睡梦中

2008 年 12 月 4 日晚写于七政街的雪地中

‖ 爱情（1）

不仅夜晚始终做梦，白天也一直在做梦

我赤裸着身体躺在金碧辉煌的皇宫里
经常和那位伟大而淫荡的女皇共枕缠绵
她总是狂笑着掏出我的心玩赏戏弄
虽身在皇宫却像是被囚禁在阴暗的牢笼

踽踽独行在一幢棺材状的红楼里
地上满是凋零的花瓣和残破的诗稿
蓦然回首却见一柔弱女子正用带血的手帕拭泪
再转瞬红楼不见，竟是一片荒凉的坟场……

不知是谁猛然把我从船上推进滚滚的江水中
却看见那追求爱情的风尘女子投下的百宝箱
爬上岸后才真切地看清那百宝箱里空空荡荡
回头望见浓重的烟雾像一头巨兽爬伏在江面上

哦，我明白了，爱情原本就是虚无缥缈的梦

2008 年 12 月 7 日凌晨于出尘斋

‖ 爱情（2）

一开始，我像个教徒对爱情虔诚地顶礼膜拜
最后才看清她抵抗不过似猛兽般凶恶的命运

为了爱情，我曾艰难地走过一条如刀刃般的路
把已死去的各个器官重新组合成一个完整的人
两只脚才踏进爱的坦途，旧我神奇地化为新我
虽然过着平淡的生活却天天品尝着幸福和快乐
因为时时刻刻都有爱神的温馨陪伴和美好祝福

若干年后，眼前惊现出那丑陋而淫荡的一幕
我像是被魔鬼活生生地硬塞进黑洞洞的棺木
龌龊肮脏的画面几乎激活了我那原始的野性
此后，受伤的心便是绵绵无期的滴血和疼痛
无辜的身体也像是戴上了无形而沉重的枷锁

那让我伤感的过去似乎早已像腐烂的尸体不再有记忆
但她那最初的美丽竟像花儿似的常常开放在我的梦里

2008 年 12 月 9 日凌晨初稿傍晚改定于出尘斋

‖ 爱情（3）

爱情，你在哪里？

在金色的阳光里

在凄苦的秋雨里

还是在羽毛般飞舞的雪花里？

爱情，你在哪里？

在幽静的林荫道上

在险峻的大山顶上

还是在人迹罕至的旷野上？

爱情，你在哪里？

在人的肉体中

在人的心脏中

还是在那不死的灵魂中？

哦，爱情虚无缥缈如烟如雾

需要天天天天天天用心去追寻

2008 年 12 月 16 日晚完稿于出尘斋

‖ 四季梦

昨夜的梦漫长得像一条路
那路上依次出现了春夏秋冬

春的阳光妩媚柔和，酷似
美女出浴时的面庞

夏的温度滚烫赤热，犹如
焚烧地狱的烈火

秋的气象壮丽迷人，仿若
天堂里美妙而难以表述的景象

冬的银装宁静圣洁，很像
白雪公主居住的地方

哦，我深情地怀恋着那走过的春夏秋
更热烈地憧憬着这未走完的静谧而温暖的冬

梦醒时，我感觉自己像个未满周岁的婴孩
那么多的春夏秋冬，等待着我去拥抱、亲吻和爱恋

2008 年 12 月 27 日晚于出尘斋

‖ 我和我在一起

在多雨的六月，我和我在一起
夜以继日地做着一个又一个的梦

天堂里开放出一朵朵黑色的鲜花
地狱中飞翔着一群群圣洁的白鸽
人与动物进行着激烈的球赛
地球被指定为唯一的比赛用球
太阳和月亮正在举行着婚礼——
石头被切割成一块块松软的蛋糕
水经过烹调成为一道道精美的菜肴
火是喜宴上最受欢迎的顶级佳酿

梦醒时，我还是和我在一起
仍在回忆着梦中的一幕幕场景
潮湿的空气里弥漫着馥郁的芳香
我知道，那是来自空谷的幽香……

2009 年 6 月 25 日凌晨定稿于出尘斋

‖ 古镇

谁在古镇的上空
弹拨红色的琴弦
发出喜庆而又夹杂着
几丝哀怨的音符？

青砖渗透出如水的月光
风儿撕裂了人与兽的笑声
一丛丛乱发枯柳般的摇曳
灰色的空间绽放出一朵朵罂粟

遥远的天际映出一片粼粼光波
圣女的幻影若明若暗地显现……
忽而望见基督正端坐在云中冷笑

昏黄的时间从古老的房屋下走过
身后汩汩流淌着污水一般的废墟
那上面布满了藏蓝和紫红色的沉渣

2009 年 7 月 30 日中午完稿于出尘斋

‖ 感觉

那种似有似无的感觉
从古至今，人们一直在
乐此不疲地想望和赞美

有人说，那种感觉像是
端坐在云中轻松地品茶
在彩虹上悠然闲适地散步
躺在春风里自在地飘来荡去

而那种感觉给我的感觉
像久已消失的空中花园
早已不知去向的"琥珀屋"
永远无法找到的神秘的"黄金国"

那种感觉也曾像魔鬼一般缠绕着我
从此，我要把它从皮囊里彻底清除
让我的生命在阳光中像花儿一样绽放

2009 年 8 月 6 日上午定稿于出尘斋

‖ 阿诺尔菲尼夫妇的婚礼

没有大教堂穹顶之下的威势
也没有高雅、圣洁的白纱礼服
而是在画家和传教士的见证下
他和她在家里举行婚礼
新娘身着绿色镶黄边的高腰蓬裙
娇柔而羞涩地微微低着头
新郎左手紧紧贴在爱妻的手上
右手旗帜般地举起——
在神的注视下创造幸福美好的婚姻
精灵般的小狗默默地为主人祝福
挂在墙壁上的水晶念珠透明闪亮
如同二人纯洁无暇的爱情
而那在白天燃起的白色蜡烛，则是
上帝在"人不能靠近的光里"的见证

2009 年 8 月 18 日下午定稿于出尘斋

‖ 不要选择

经常在早晨或者夜晚

只身面对空寂的房间

清晰而模糊地意识到

应该做出现实而必要的选择

而要寻找一种唯美的尺度

来引领做出选择的时候

头脑一片空白，心中一片茫然

看到和想到的是——

在过去的日子里活得很好

将来也会很充实、踏实、真实

躲避尘世间的喧嚣与疯狂

敞开胸怀去接纳未知的风景

全身心融入具体而实在的世界

不必选择，不需选择，不要选择

2009 年 9 月 26 日早晨完稿于出尘斋

‖ 石身

也许是早晨，或者黄昏，或者夜晚
眼睛所看到的是一个陌生的世界
那里花红柳绿，所有的生灵都是女性
哦，已置身在传说中的"女儿国"里

成群结队的女人潮水般地涌来
并且争先恐后地谈论婚嫁……
"我妻子生活在一个叫做地球的星球上"
所有的眼睛变化成一只眼睛
所有的表情变化成一种表情
慌忙中，迅速把肉身变作石身
所有的手汇聚而成为一只巨手
击打和撕扯着那孤零零的石身

坚硬的碎片向着一个方向飘去
哦，那是向着地球的方向……

2009 年 9 月 1 日下午写于公交车上

‖ 轮回

坐在黄色公交车上，不经意间
瞥见一位手持拂尘的尼姑……
夕阳里，未见脸面，只望见其背影
她形色匆匆，飞一般进入深巷里

儿时的记忆中有过同样的场景
那是接纳生命的古老的小镇
而今身处繁华喧嚣的大都市

不同地域、不同时间所见到的
不知道为什么，竟是惊人的相似
尘世的轮回：童年到中年再到童年

她的存在——现时与那时的存在
现时是重新开始，那时也是重新开始
俗世是荒诞而无意义的，重要的是
如何洗净目光，去面对水、空气与天地

2009 年 9 月 15 日傍晚公交车一稿
2009 年 9 月 22 日上午出尘斋二稿
2009 年 9 月 23 日晚上出尘斋三稿

‖ 寒雨

寒雨鞭子般抽打着城市
树木碎裂，楼宇倾斜
男人丧失了雄壮的灵魂
女人丢掉了美丽的容颜
而"我"这个——"人"
什么也没丧失，什么也没丢掉

大地上陈列着河流似的残骸
和一片片粪便色状的废墟
太阳被长着魔鬼脸面的大鸟吞吃
月亮和星星双双滚落进无底的深渊
耶和华坐在摇椅上爆发出雷鸣般的笑声
"我"的脸上前所未有地写满了寓言式的表情

寂静而无垠的空间里，隐约响起那些
未出世的胎儿和弱小动物们的哭喊……

2009 年 10 月 3 日下午写于绿羊泉

‖ 尘土

那原居所的灯光如太阳般明亮
而你举着炸弹的身影刚一显现
光的肢体立即化作黑色的碎片

我隐身在坚硬而冰冷的墙壁里
带着如花的笑容静静地看着你

你手中拿着两个根状的白色冰点
羚羊的脸孔慢慢变作圣母的尊容

凌乱的空间里响起雷鸣般的乐曲
"祝你生日快乐"……哦，今天是
谁的生日……"你的生日"……

我走出墙壁，不情愿地化身为基督
那白色冰点幻化成两颗燃烧的火树

你和我以及圣母、基督、羚羊
顷刻间都化作一粒粒彩色的尘土

2009 年 11 月 2 日傍晚出尘斋一稿
2009 年 11 月 3 日上午出尘斋二稿

‖ 金色的玫瑰——给尤丽娅

冬天冷静陈述着鲜花的历史

沉睡在体内的阳光也逐渐复苏

孤独的灵魂随梦进入寒冷的国度

黄色的树干望见一片彩色的土地

神秘的异样性只能试探着靠近

耳畔回荡着来自天上的传说

优美的轮廓超出人类的想象

时间穿上新衣面对着陌生的天地

空间用变幻的笑脸保持着距离

火样的体温把寒气慢慢融化成暖流

幻影也会在光照下凸显生动的图像

历史的劝告：玫瑰毕竟是玫瑰

玫瑰依旧，却改换成金色的玫瑰

也许，灵魂与她共舞才不会孤独

2009 年 11 月 18 日上午公交车一稿

2009 年 11 月 19 日晚上富和泉二稿

‖ 穿戴华服的灵魂

独行在香草丛生的古道上
那里陈列着许多高贵的华服

皇帝的龙袍散发着酒与脂粉的气味
贵妃的长裙满是肮脏的汗渍和手印
而武将的战袍却刻印着斑驳的血痕

转而步入一座平面为十字形的大教堂
那里有很多人且自上而下地连成一片

中央端坐着高高举起右手的基督
左边一群灵魂被天使拉向天堂
右面一群灵魂则被天使打入地狱

黑夜冰块般地开始融化
白昼流淌出鲜红的血液

那些灵魂纷纷穿戴上华服
基督正在移动那举起的手臂

2009 年 12 月 1 日晚定稿于出尘斋

‖ 秋日图像

我还记得那个秋日
粉红色的傍晚，在江岸
你似天使飞抵我的眼前

我沉默，万物沉默
神也沉默，共同瞑目

月亮般闪亮的面庞
朦胧而神秘的身影
如江水轻柔地流淌

我和他们都在看，都在听
你如诗的神情感动着秋天

季节变幻迅如飘荡的云烟
那未实现的愿望像河面上的花瓣
不知流向何方？而你那梦幻般的图像
我会把她供奉在心间……

2009 年 12 月 31 日深夜完稿于出尘斋

‖ 向动物学习

人常常不及动物
总是颠倒着看世界

把简单看做复杂
把虚无看做真实
把幻想看做现实

生长在简单的复杂里
生存在虚无的真实里
生活在幻想的现实里

缺少动物那种真实的面目
缺乏动物那种自然的习性
缺失动物那种原始的本真

人要向动物广泛地学习
忘记名利，忘记自己，忘记死亡
和动物一起跟随着永恒的上帝

2010 年 1 月 2 日晚于真爱泉

‖ 用我复活你

在那个寒冷的冬夜
你在我如雨的泪水中离别

在这个温暖的春夜
你又重回我的梦里
但已不是昔日那个活生生的你
而是一个只剩下影子的你……

我要用我拯救你——
抽出我的筋骨交给你
撕下我的血肉送给你
剖出我的心脏献给你
我不惜我，用我复活你

看到你像一朵鲜艳的花儿
重又开放在金色的阳光里
我会无限欢快地死去……

2010 年 1 月 14 日深夜完稿于出尘斋

‖ 他和她

他和她一别那么多年——
居住在同一个城市的两端
却像两座相隔万里的大山
永远都不可能再见面……
但是，每天都走在同一片土地上
气息与气息缠绕在同一片空间
他们在这座古老的城市里
遍布着叠印在一起的足迹
飘荡着凝结在一处的气息
共同目送着日光的流逝
同枕着夜色进入睡眠……
白天，彼此把对方装在心中
夜晚，都将对方安放在梦里
让神秘的耶稣沉默无语……

2010 年 1 月 26 日上午定稿于出尘斋

‖ 梦之楼

昨夜，我的梦不见了
慌乱走进一座大山状的高楼

楼内有充足的阳光、月光和星光
广袤的草原上有羊群、牛群和马群
凤凰引领着百鸟站在空中自由歌舞
鱼儿纷纷乘坐木筏漂浮于江河湖海上
远处的森林里不断传出动物们的吼声

楼里的男女老少都长着原始人的面孔
把我当作外星人给予最高规格的欢迎
以泥土为食，以花草为菜，以泉水为酒
当我酒足饭饱，拿出烟草吸食的时候
他们像见了怪兽，立即将我赶出大楼

走在无边的黑暗中，回望时却发现
那大楼竟是我丢失的梦建造而成

2010 年 2 月 2 日凌晨定稿于出尘斋

‖ 我看着我

隐约记得那场暴风雪的夜晚
我误入一座空旷的教堂……

屋外的大雪搅动着夜色
教堂内却呈现一片片水影火光
——一座水与火建造而成的教堂

火墙上镶嵌着一排排人的肢骨
燃烧的火棚点缀着一个个骷髅
水和火自然合成的十字架旁
悬挂着一具成人男性的干尸
教堂入口的横梁上镌刻着：
"古老的尸骨恭候新生的尸骨"

却见那干尸慢慢抬起头
我惊异地发现：他就是我
也正在惊异地看着我……

2010 年 1 月 12 日凌晨完稿于出尘斋

‖ 不知在哪里

在那个萧飒的暮秋之夜
面对你立在荒草中的墓碑
我曾经想起你走时的那个季节

那冰冷的河流
像林黛玉病容上落下的泪水
那枯黄的叶片
像杨玉环在马嵬驿时的脸孔
那暗淡的星辰
像梦露瞳孔扩散时的眼珠
那昏黄的天光
像戴安娜车祸后不散的幽魂

在这个我们珍藏在心里的夜晚
重又面对你映照在月光中的墓碑
不知在墓前，在梦里，还是和你在一起？

2010 年 1 月 19 日深夜完稿于出尘斋

‖ 做你的梦

十四行诗／sonnet

我和你缠绵在云做的床上
星辰争先恐后将我们环绕
太阳因找不到合适的位置
蜷缩在西山角下默默地哭泣
也许是我们的舞姿热烈而刺激
或许是云床滋生了太多的雨雪
一声巨响便炸弹般地化作碎片
我们不再是我们而都变成个体
我看不见了你，你看不见了我
茫茫天地间，我独自寻觅……

到了这个时候，我必须告诉你
这个“我”不是我而是你
因为我正在执行上帝的旨意
由我代替你做你的梦……

2010 年 4 月 11 日下午于元士街

‖ 走出梦的世界

上帝在褐色的大街上叫卖红牛奶
罂粟花在天使飞翔的翅膀上绽放
魔鬼的儿子跪倒在玫瑰的面前求爱
作为野兽的我，被围困在梦的世界

太阳和月亮在研究如何互换位置
海洋里的油污把青山涂抹成黑色
树木废弃绿叶一律换做灰色的垃圾
而此时的我，正试图走出梦的世界

无情的夏秋冬合伙谋杀了多情的春
闪电隐身于岩石中生长出橙色的花朵
被遗忘的死者纷纷复活开始埋葬生者
就是在这个时候，我走出了梦的世界

置身于那个无梦的世界里无须做梦
我——由野兽迅速进化成了人……

2010 年 8 月 3 日凌晨于出尘斋

‖ 生活在梦里

几乎每时每刻都在漫长的梦里梦见
刚刚进入二十一世纪做的第一个梦

花一般的垃圾用自身制作的炸弹摧毁了地球
蝴蝶状的尘埃散发的毒气让太阳陷入了昏迷
而海洋的冲天巨浪淹没了少女般的月亮……

大片皮肤样龟裂的土地生出鲜艳的翅膀
碧绿色的春天让奄奄一息的梦重获新生
所有的生灵都像鸟儿一样在空中筑巢栖居

树木花草置身于金色的空间歌舞、嬉戏
雄伟的山峰与艳丽的云彩聚合相拥在高处
水和火组合到一起孕育出一种新奇的生命

哦，原来一直都居住在梦里
因为在这里生活很安全、很安稳
一旦醒来，脆弱的肉身不知在何处栖息

2010 年 8 月 13 日深夜禧温泉一稿
2010 年 8 月 15 日中午出尘斋二稿

‖ 最红的玫瑰，最亮的火焰

从上个世纪走进这个世纪
从多雨的夏日走向无雨的秋季
你为什么才走入我的视线里？

这么晚了，还来打扰我——
打扰我的安静，打扰我的平静
打扰我的孤老，打扰我的衰老
打扰我那橙色的黄昏……

这么晚了，还来扰乱我——
扰乱我的童心，扰乱我的新梦
扰乱我的孤独，扰乱我的寂寞
扰乱我那血色的夕阳……

而你说不晚并用手指向远方……
哦，那里正开放着最红的玫瑰
哦，那里正燃烧着最亮的火焰

2010 年 8 月 21 日傍晚出尘斋一稿
2010 年 8 月 23 日深夜出尘斋二稿

‖ 梦中的墓地

我坐在家中遥望着你的墓地
那强烈的返光刺痛了我的记忆

三十三年前那个玫瑰色的正午
粉色的蝴蝶从白色的渔网上飞过
花草树木随即发起一阵彩色的歌舞
那海上归来的蓝色青年春心似水波动

我伫立在深秋的江岸上伤心地看到
那根铁岭般坚硬的脊梁正在缓缓断裂

那个十三年前的苍白的上午
我把你的影子完好地归还给了你
而我却像野草一样在冷风中四处飘移
看着你陷入鳄鱼般的灰影里只能暗自叹息

那过去的十三年里，在梦中常见到你的墓地
如今孤身独坐空房而心早已在你的墓前啜泣

2010 年 8 月 19 日晚于禧温泉

‖ 梦中的笑声……

每当想起和你相处的四个星期
我的梦里便会骤然响起笑声……

闪亮的旗袍像是一面镜子
映照着黄昏，映红了斜阳

长而飘忽的身影，亮而飘逸的长发
从喧嚣的夏日伸展到华丽的金秋

空无的表情，虚无的笑靥
仿若月亮上那只宁静的玉兔

而那闪电般的瞬间竟是从夏到秋
见证了你的城府，见识了你的心计

你那美丽而朦胧的身影，你那靓丽而隐秘的神情
让我的视线里呈现出潜藏在许多玩具虎中的那只真虎

每当想起和你相处的短短的四个星期
梦中的笑声总是带着苦涩的泪滴……

2010 年 8 月 29 日中午于出尘斋

‖ 走在路上

我模仿你的步伐
走在我们走过的路上

我的居所抛出长长的影子
蜷缩在我的背后哀伤地哭泣
而我那年迈的女儿正以惊异的
目光望着我：你是我的父亲吗？

我模仿你矫健的步伐
走在我们经常走的那条路上

我的话语驱赶着肮脏的尘埃
我的笑声让花儿忘了忧伤提前绽放
而我那身在异乡的年轻妻子正急匆匆地
向我走来：你是我的丈夫吗？我的丈夫是你吗？

我模仿你那优美的舞蹈般的步伐
走在我们走过的那条熟悉而亲切的路上

2010 年 9 月 4 日深夜于禧温泉

另一个世界的诗

Another world poetry

梦 / *to dream*

‖ 梦的残骸

雪后的夜空，像涂了一层变质的奶油
光秃粗糙的树干上凸显出精灵样的嫩叶
梦的残骸，回光返照般地闪着紫光
哦，仿佛面对着一扇晶亮的明镜

2005 年 11 月 18 日晚于出尘斋

‖ 复活的梦

雨水，打湿了我干枯的记忆

雨声，唤醒了我死去的梦境

潮湿的记忆里没有欢悦和喜庆

复活的梦境中仿佛有人在为我过生日

2006 年 12 月 3 日晚于出尘斋

‖ 死去的梦

梦 / *to dream*

黄昏时，泪水样浑浊的秋雨

摧残着城市僵尸般的躯体

灰暗的城市在疼痛中呻吟着

让我惊恐地想起儿时死去的梦

2007 年 6 月 4 日傍晚于出尘斋

‖ 两个梦

过节了，懵懂昏沉的脑子里
总是凸现着三天前的那两个梦
让我在节日里仿佛身陷苦海中

丑陋的香蕉幻化成妖艳的罂粟花
柔弱的女孩儿变成了狰狞的魔鬼
五彩缤纷的梦境瞬间化作了
漆黑、阴森、恐怖的地狱

还有那灯光下的梦，梦里的主角
不是香蕉，不是罂粟，也不是女孩，更不是
魔鬼，而是……哦，是她，真的是她

她是我心中的玫瑰，她是
我夜里的星辰，她能提供给
我一个家一般的庇护所，然而，也许
也许我错了——
丘比特的箭并没有射中我，只是

只是擦着我的肩膀而过

梦虽醒，心还在昏睡
但愿把前一个梦的残骸装进棺材里
但愿把后一个梦完整地摆放在佛龛上
像供奉神灵一样永远供奉

2007 年 11 月 6 日下午于出尘斋

‖ 梦：血与泪

正午时，不会做梦的我
做了一个恐怖而古怪的梦

死去很多年的我从墓穴里爬出
躺在从前睡过的那大如原野的床上
眼前惊现出一男一女——
那男人无腿，裸露出一颗滴血的心
女人没胳膊，凸显出一对流泪的眼
二人惊恐地望着我这个复活的尸体
我感觉自己的尸身饱满而鼓胀
像雄狮一般有力量，拿起拖布
非常有力地擦拭着地上的血与泪
那男人和女人蝾螈般地迅速长出
树干一样粗壮的腿和胳膊
突然变作野兽向我扑过来……

在海边，我晃动着那浸满血泪的拖布
刹那间，血波泪浪铺天盖地

天空仿佛临终的病人在呻吟
大地像是临刑的死囚在颤抖
再看我手上，竟是一把血与泪铸就的双刃剑
顷刻间，天地于忽明忽暗中飞旋疾转
我鸟儿似地高高悬浮在空中
当那喧嚣与骚动的世界归于平静
我降落在一条长长的血与泪汇聚的海洋上
左面是白色的天，像一块破损扭曲的幕布
右边是黑色的地，似一张破碎丑陋的兽皮
我执剑行走在血与泪的海面上
猛然间，"兽皮"上跳出一个白晃晃的东西
而"幕布"中却钻出一个黑糊糊的物体
那样子像人像兽又像鬼，正疯狂地向我冲来
我挥起血泪剑与黑白怪物厮杀在一起
迷蒙的白天黑地间飘散着血光泪影

梦醒时，血色残阳正依偎着泪一样混浊的大地
天地仿佛合成一体也在做着一个苦痛而哀伤的梦

2008 年 3 月 11 日定稿于出尘斋

‖ 永远做梦

原野般空旷寂寥的灵堂
花环像野花似的一望无边
若隐若现的面孔烟雾样的飘荡
伴随着凄厉、忧怨、细碎的声响

那声音不知是发自何处、何方
也许是那一张张朦胧而神秘的面孔
或许是哪座坟墓里哪个多情的女尸
抑或是月亮上那位伤感寂寞的仙女

那声音断断续续或高或低忽强忽弱
像古老的幽灵正在讲述一个远古的神话
像垂死的女巫正在诉说一段凄美的传说
像阵亡的将军复活后正在回忆死亡的经历

我悠然漫步于广袤无垠的灵堂
身在陪那些面孔，心在听那些声音
感觉自己已经是无欲无求的神仙

再不愿回到凡间继续做世俗之人

真想永久留居在梦的国度里
不想走进那多彩而迷乱的世界
真诚热诚虔诚地乞求上帝——
在那无梦的人间让我永远做梦

2008 年 12 月 2 日下午石羊泉一稿
2008 年 12 月 3 日凌晨出尘斋二稿

‖ 永远不醒的梦

我蜷伏在腐烂的墓穴里
坟头上开满了灿烂的鲜花
饿了吞噬野兽的腐肉
渴了畅饮混浊的雨水
在灰色的阳光下享受着幸福
梦中的我不知道自己是谁

你隐居在昏暗的山洞里
洞底处流动着晶亮的泉水
身子脏了同鱼儿一起沐浴
内心空虚了和石头共同起舞
在无边的黑暗中享受着快乐
梦中的你不知道自己是谁

他和她同居在阴森的地狱里
地上铺砌着碎宝石制成的砖头
英俊的男鬼帮着处理事务
靓丽的女鬼充当全职保姆

过着和皇宫里一样的生活
梦中的他和她不知道自己是谁

不仅在墓穴、山洞和地狱里
即使在明亮的阳光中和金色的天堂里
我也不知道自己是谁
你也不知道自己是谁
他和她也不知道自己是谁
因为都在做着永远不醒的梦

2008 年 12 月 3 日凌晨如梦泉一稿
2008 年 12 月 4 日傍晚出尘斋二稿

‖ 新梦与旧梦

新的一天新的阳光里

在那旧屋旧床上，同时

梦见了我的新梦和旧梦

丽日下千座金山放射出刺破天地的万丈光芒

夕阳下千堆白骨发出暗红灰蒙的混浊之光

那旧梦，让我形容憔悴，满怀恐怖

而那新梦，则令我身心兴奋，灵魂愉悦

我诅咒旧梦并用未来

那厚重的岁月把它永久埋葬

我热爱新梦且要倾尽

全部的心血去培育和灌溉

哦，旧梦已死，新梦将会永生

2009 年 1 月 9 日早于出尘斋

‖ 如梦的女孩

在太阳西沉和月亮上升的那段时间里

我梦见一个如梦的女孩踏着寺庙的钟声走来

空气中的灰尘闪烁着星星般的光芒

月光覆盖下的夜晚弥漫着她的体香……

我用心感悟着时间和空间，不再有世界的概念

2009 年 4 月 22 日上午于黑龙江省中医二院

‖ 寻找真实的梦

为了寻找真实的梦

经常把自己点燃

走入晨曦中的山峦

匆匆进入苍茫的水域

未及抵达水域的中央

已被强烈的光照灼伤

只好再次点燃自己

并祈求那"黑暗中的圣光"

2009 年 8 月 29 日上午于出尘斋

‖ 另一个生命

我的梦很久不见阳光了，而是
躲在暗处讲述着阳光的历史……
我只能赤身裸体在我的梦里流浪
当我坐下喘息时，竟意外地在另一个
梦里，望见了我的另一个生命……

梦
to dream

2009 年 12 月 5 日傍晚于忘忧泉

‖ 擦干墓地的泪滴

我在梦里望见自己的墓地

正面对着逝去的历史哭泣

我点燃体内那棵恐怖之树

并用心去擦干墓地的泪滴

2009 年 12 月 7 日傍晚于落花泉

‖ 燃烧在你的周围

偶然进入那座三千尺高的巨型塔楼

我的梦就迫不急待地告诉我——

你在塔楼的最顶端已经等了我三千年

因为急于见到你，我迅速化作火焰

用火之躯贴近你经过的每一处墙壁

抚摸、亲吻你走过的每个台阶和足迹

在烈火中复活你遗留的影子与气息

当我那火热的身躯飞升到塔楼的顶端

却无限惊异地发现：你已变作美丽的塔尖

仰天矗立在那里……我的泪水滚滚而出

顷刻间便永恒地燃烧在你的周围……

2010 年 1 月 21 日下午至 22 日凌晨完稿于出尘斋

‖ 在梦里：我和你

在梦里，我衣衫褴褛，身躯丑陋，面目狰狞
而你却动用最原始的那种无与伦比的美丽
献上最古老的能够回望到秦朝的一双眼睛
抛出比最高处的雷电还要动听而响亮的声音
用美丽诱惑我，用眼睛凝视我，用声音召唤我

我那一身褴褛的衣衫被你的美丽撕扯成碎片
我那丑陋的身躯被你的眼睛打击的体无完肤
我那狰狞的面目被你的声音摧残的血肉模糊
顷刻间，我变作一只血淋淋的裸体怪兽
再看你时，竟是一只羊头鸡身龙尾的巨兽

你用羊头顶着我，用鸡身驮着我，用龙尾拖着我
经过无数土路、水路、旷野、沙漠以及曲折的山路
最后终于抵达你的家：一处建在高山之巅的洞穴
从此，我和你——怪兽与巨兽朝夕穴居于高山之上
不再想起从前的城市，不再想起从前的自己……

2010 年 1 月 23 日凌晨定稿于出尘斋

‖ 两个灵魂

狂风似野兽撕扯着黄昏
闪电刀剑般切割着阴云
疾雨击打着火红的玫瑰

恰在此时，我走进梦境
身上的伤口已血流如雨
头部正在兽嘴之中……

而你这时突然从天而降
抽出体内的肋骨当作刀剑
同那野兽展开了搏斗……

野兽被你杀死的同时
它也吞噬了你的血肉
而你那脱离躯壳的灵魂
抚平了我身上所有的伤口
并多情地依偎在我身旁

此情此景，让我身心感动
出手便把自己撕成了碎片
我的灵魂扑向你的灵魂
彼此相拥合在一处……

破碎的黄昏似弹片飘浮于空中
满地的玫瑰花瓣流淌着血红的汁液
而我却长睡不醒，不知能否走出梦境

2010 年 2 月 9 日凌晨于出尘斋

‖ 完美的结局

梦里，山峰向着土地飘移
而土地正在夕阳中颤栗——
坚硬的体格释放的温暖气息
让不成熟的梦逐渐变得成熟
打破时间限制，冲破空间封锁
于开放处滋养出完美的结局

2010 年 3 月 10 日凌晨于出尘斋

‖ 梦想

从我会做梦的那天起
便在其中听见美妙如音乐般的水声
寻找到地角，寻觅到天涯
依然不见其踪影——
而在不做梦的时候
那形形色色的流水
不停地干扰我的视听
因此，总是渴望回到梦中
虽然只闻其声不见其影
但是，在那里可以梦想

2010 年 3 月 20 日凌晨于出尘斋

‖ 桂花

时间虚无，空间虚无
而梦不仅虚无，而且
异常窒息，异常沉重
仿佛黑暗中的废墟

你的影子，你的呼吸
虽难以触摸，虽难以感觉
却像月中那独自开放的桂花
丰满着我的心，欢娱着我的梦

2010 年 3 月 25 日晚于民和泉

‖ 丰碑

进入空虚的夜，我戴上光的面具
捧着血的话语，举着泪的语言
与你的梦进行燃烧般的交谈
而炽热的温度正逐渐把其中的内容
化作碎片，化作烟雾，化作灰烬
最后凸显出一座湿漉漉的丰碑
那碑上用火焰雕刻着碑文……

115
梦/ to dream

                    2010 年 3 月 28 日凌晨于出尘斋

‖ 黑色

那棵黑色的树生长在黑色的十字路口
像一只黑色的动物盘绕在黑色的雾中
只有在黑色的沉默里逐渐变得成熟
也许才会从那柔和的黑色目光中解脱

2010 年 3 月 31 日晚于圆满泉

‖ 不变的梦

我那不变的梦总是跟随着变换的风景
挺着坚硬的脊梁沿着不同的水域飞翔
而那些汩汩作响的浪花都在向高处撞击
我只能孤独地飞翔——永远不改变方向

2010 年 4 月 14 日晚于美景泉

‖ 永生

我把生命完整地固定在你的梦中
心音的搏动将会跟随你梦的走向
痛苦着痛苦——欢乐着欢乐——
梦不醒，我们就会获得永生……

2010 年 4 月 15 日凌晨于出尘斋

‖ 一个梦

那么多白天，那么多夜晚
我的梦始终追寻着你的梦
经过城市，经过乡村
越过平原，越过高山
穿过河流，穿过海洋
那么多人驻足观望
那么多动物引颈瞭望
那么多植物挺立遥望
终于有那么一天——
我的梦追上了你的梦
紧紧拥抱，紧紧亲吻
不再奔波，不再流浪
因为两个梦合在了一起
从此，只有一个梦……

2010 年 4 月 15 日晨于出尘斋

‖ 燃烧的梦

你用火焰点燃了我的梦
白天和夜晚都不再平静
那光与热像不熄的太阳
从早春三月燃烧到永恒

2010 年 4 月 28 日下午于省中医二院

‖ 站在废墟上的梦

我的梦在你的灵魂深处望见
夕阳中的夏天已逐渐走向死亡
而秋天正在另外的世界里颤栗
血红的灰尘遮盖了这个世界的恐惧
一切都是虚无，一切都是虚幻
冬天的背后不一定就是春天
身体的影子比身体更加痛苦
面具后面的脸庞比面具更加忧郁
而我的梦正站在黑色的废墟上……

2010 年 6 月 15 日早于黑龙江中医二院

‖ 进入你的梦里

梦 / *to dream*

你梦见的那个世界
你在那里说的梦话
我看见了，我听见了
因为我从降生的那一刻
就开始在梦里生长……
脸上描画着梦的色彩
身上披裹着梦的衣裳
乐在梦里，痛在梦里
爱在梦里，恨在梦里
也许有那么一天会死在梦里
不过，如果你的梦话是真的
我便答应你：不在梦里死去
我会穿越我的梦，进入你的梦里

2010 年 8 月 3 日夜于和兴路

‖ 永远都不说再见

我和我的后代在梦中居住了五千年
不死的灵魂在天空的边缘匍匐向前
因为它需要环绕，因为它需要盘旋
而我那血色身影到任何时候都不知疲倦
永远都在高声呼喊，永远都不说再见

2010 年 8 月 16 日傍晚于禧温泉

‖ 雄鸡梦

月下站立着一只
雄鸡

高昂着头仰望着
月亮

月亮上显现出一只
玉兔

雄鸡梦见自己变成
凤凰

正驱赶着黑暗飞向
月亮

2010 年 8 月 24 日下午于禧温泉

‖ 男人做女人梦

男人偶尔会做女人梦

形式妖艳，内容鲜艳

充盈着血与泪的欲望

在贫瘠的土地上如花绽放

但那花已从根部开始腐烂

2010 年 9 月 9 日下午于禧温泉

‖ 做梦（1）

昨夜，我隐约望见

上帝指令月亮绘制的银色图画

那画面上无山无水无树无花

只有我和你……而上帝

在观看，在倾听……

然后我就走进真实的梦境

梦见我在做梦……

2010 年 3 月 18 日凌晨于出尘斋

‖ 做梦（2）

我在我的梦中做梦——
门前矗立着一座月亮状的银色坟墓
白天，我坐在门槛上同她共进三餐
夜晚，她走进房中与我共枕同眠
梦中的梦突然喷射出泪的瀑布
掩埋了我，掩埋了我的坟墓……

2010 年 4 月 1 日凌晨于出尘斋

‖ 做梦（3）

我在我的青铜坐骑上做梦

古战场上，我舞动着银色长枪

搅动着一池金色的血浆

而你骑白马、持双剑随风而来

我手下留情，因为你是女扮男装

情急之下，我投身于那池血浆

你却仗剑立于池旁……

我吸干了池中那浓烈的血浆

顷刻间膨胀为一座雄伟的高山

你用双剑把自己切割成碎片

很快就制造出一条圆形的河流

从此，高山俯视着河流

而河流始终向着高山仰望

2010 年 4 月 1 日晚于出尘斋

‖ 做梦（4）

我的灵魂在天上做梦
我的躯体在地下做梦
而我那被疾风撕破的影子
因为丧失了做梦的功能
只能在尘世间漂泊流浪

2010 年 4 月 18 日中午于出尘斋

‖ 做梦（5）

我在你留下的有限空间里做梦
而你现在还没有充足的时间做梦
花朵尚未开放，水流尚未形成汪洋
我在未来等待着你和我一起做梦

2010 年 4 月 18 日晚于出尘斋

‖ 做梦（6）

在那明镜般的床面上
黑色的花影搅动着白色的光
纷乱而阴暗像滚动的乌云
而那形似方舟的床正在做梦
梦中的月光特别明亮……

              2010 年 4 月 19 日清晨于出尘斋

‖ 梦（1）

昨夜睡去，我如一片落叶

随风步入天空，朦胧中

仿佛看见月亮那美丽的面庞

今晨醒来，久久地体悟着

那如水的光芒……

2005 年 5 月 10 日晚于出尘斋

‖ 梦（2）

那个喝醉酒的女人
把我从睡梦中叫醒
哎，为什么叫醒我？
她猛然酒醒，转过身去
我隐约听见遥远的天上有说话的声音
——睡吧，睡吧，我的爱！
我仿佛看见维纳斯正回头对她的猎犬说
——让他睡吧，别叫醒我的爱！

2007 年 10 月 14 日晚于出尘斋

133

梦

la dream

‖ 梦（3）

梦（3）‖

昨夜上床前很兴奋地做了一梦

梦见那行将就木的老秋

正举起生锈的斧头，把那

酷似船形的棺木劈得粉碎

然后，用一双绿色的眼睛

凝视着瀑布般流淌的木屑

同时，古铜色的脸上那

一道道沟壑似的皱纹里，迸射出

一朵朵金色的花一样的笑容

从此，人世间只剩下了春、夏和冬

再也看不见了秋

2007 年 12 月 2 日早于出尘斋

‖ 梦（4）

傍晚，在公交车上见到的那一副副朦胧的面孔
仿佛在若干年前做过的若干次梦中若干次出现过

2007 年 12 月 13 日傍晚于公交车上

‖ 梦（5）

我的影子在午夜的灯光下
变作一颗亮晶晶的大米
一只美丽的老鼠正好路过
先是把它碾压成粉末
然后又欢快地享用了它
梦醒时再也找不到了影子
从此，我只剩下了我

2008 年 12 月 5 日凌晨于出尘斋

‖ 梦（6）

想起来了，想起来了
儿时做过的一个梦——

那梦一尘不染，一望无际
碧蓝的天空俯视着大地
洁净的大地仰望着天空
像一对恋人彼此深情地凝视
花儿，草儿，树木……
互相拥抱，互相亲吻
鸟儿，蝴蝶，蜻蜓……
手挽着手，同声歌唱

这么多年了，再也没有做过
那种美妙如童话般的梦了

2009 年 8 月 12 日下午于出尘斋

‖ 梦（7）

仁立在凝固的梦境中
虔诚地等待着上帝的驾临
却意外地遇见了你……

失望中刚要转身离去
竟看见你把光一般的笑容
镶嵌到我的灵魂里……

2010 年 1 月 19 日下午于出尘斋

‖ 梦（8）

梦中，我凝视着我的脸庞
竟像一座移动的墓葬……
而我的爱情却远离我的姓名
沉睡在一座废弃的玫瑰园中

2010 年 1 月 21 日深夜于出尘斋

‖ 梦（9）

我那从未被爱过的血肉之躯

早已未老先衰，形如木乃伊

即便是熊熊燃烧的烈焰

也不会点燃再生的欲念

即便是滚滚流淌的激流

也不会唤醒将死的身躯

但在那个风雪的夜晚，我却梦见

圣母玛利亚欢喜地抱着我滚烫的肉身

2010 年 2 月 11 日傍晚于如梦泉

‖ 梦（10）

我和你刚刚躺在用河水铺成的床上
那石头制作的房门就被风暴吹开
你起身走向房门……而另一个你
却逆流而来，羽毛般依附在我身上
你笑着把自己化作泪水淹没了另一个你
而我孤身漂浮在泪水河中……无家可归

2010 年 3 月 9 日凌晨于出尘斋

‖ 梦（11）

那是许多年前的一个夜晚

我在梦中接到上帝的指令

把梦从尘世迁移到月亮……

而梦醒时，恰好看见

月影正在我身上游动……

2010 年 3 月 18 日凌晨于出尘斋

‖ 梦（12）

最初梦见童话中的花朵
那形象的尺寸显得有些孤独
那颜色与春天也很不适合

最后一次梦见的——
没有身形，没有颜色
只望见月光与云雾

在以后的梦里
只有叶，没有花
或者有花无叶

2010 年 5 月 23 日晚于黑龙江省中医二院

另一个世界的诗

Another world poetry

玫瑰 / *rose flower*

‖ 老玫瑰（1）

那火自上而下燃烧

如同一座倒金字塔

剑一般的火苗刺向瞳孔

溪流划破丝网状的柳枝

盆地中央飘起朵朵蝶形烟雾

哦，那圆形花瓶中的红玫瑰

在晨光里，花朵已开始萎缩

叶片像一张张老女人枯黄的脸

而那靠近花瓶的白色窗台上

竟凸显出一片淡淡的粉红……

2009 年 10 月 4 日中午于出尘斋

‖ 老玫瑰（2）

那几枝干枯的老玫瑰
在花瓶里呈圆形散开
静夜中像陈旧的花圈
异常沉重，异常幽暗

主人放射出爱怜的目光
似在抚摸，似在对话
仿佛有了她们的存在
黑夜的存在就不是存在

2010 年 4 月 10 日晚于民和泉

‖ 美景

那紫色玫瑰散发着胴体般的芳香
那流泉比隔世之音更纯净更动听
浓烈如酒的强风揉碎了沉睡的月光

充满欲望的天地早已无影无踪
神圣的画面于云雾中化为永恒
恍若天堂美景又似梦而非梦

2009 年 11 月 7 日下午完稿于出尘斋

‖ 男人的历史

长着土地般面容的女人

在十字路口上画着十字

玫瑰在她的脸上疯狂地开放

她却讲述着属于男人的历史

2009 年 12 月 7 日傍晚于落花泉

‖ 与玫瑰一起旅行

忧郁告诉我的忧郁

经常面对着玫瑰

把影子印在玫瑰的影子上

并且与玫瑰一起旅行

玫瑰／*one flower*

　　　　　　2009 年 12 月 9 日傍晚于民和泉

‖ 苍白的玫瑰

我半裸着骑在铜塑的战马上

手中高举着一柄闪电铸造的宝剑

于黑暗中徘徊在远古的海岸上

铜马的哀鸣似在抱怨着迟到的黎明

恰在此时，彼岸突然飘起女人样的雪片

而梦里苍白的玫瑰竟然向我的怀中扑来

2009 年 12 月 12 日凌晨定稿于出尘斋

‖ 香气

玫瑰的香气在夜风中幽幽飘荡
像那遥远的初恋情人的娓娓絮语
那时的路，那时的花，那时的树
那时的栖居之地以及那时的一切
重又复活在眼前，跳动在生命里
而那时的她，身上散发的那股稚嫩的香气
此时，正从潜藏她的隐秘处慢慢涌起……

　　　　　　2009 年 12 月 25 日傍晚写于雪花泉

‖ 耶稣再现

几片鲜活红艳的玫瑰花瓣

在瘟疫般的暴风雪中散落

尸体样地躺在苍白的雪地上

一如火焰将熄在水中的那一瞬间

又如天使流淌出血液的那一时刻

从此，白昼不再有普照的阳光

漆黑的夜晚不再有星辰的闪烁

而那幽深处，正再现耶稣受难的一幕

2010 年 1 月 5 日凌晨定稿于出尘斋

‖ 紧紧跟随着他

玫瑰少女般站立在大教堂与小教徒之间
她似裸体雕像一样保持着苹果的姿态
不再与鸟兽为伍，也不再留恋那个洁净的国度
作为他的骨中骨、肉中肉，就要紧紧跟随着他
而不去理会那骑着驴、头上长着牛角的基督

2010 年 1 月 22 日晚完稿于出尘斋

‖ 永恒的影像

那雾中的玫瑰一闪而逝
却没有在观花者的心里消失
白天汲取阳光无限生长
夜晚在梦的中心地带开放
岁月匆匆似水滚滚逝去
而她定格的影像已成为永恒

2010 年 2 月 26 日凌晨定稿于出尘斋

‖ 古代玫瑰

你的面容富有诗意
如明月摇曳在眼前
唤醒了似水流失的感觉
仿佛重又回到古代
看见了红黄色的玫瑰
那古老而鲜亮的火焰
令人惊奇，令人赞叹

2010 年 2 月 26 日上午定稿于出尘斋

‖ 三色

玫瑰的红色花瓣被风儿卷起
以优美的姿势击打着白色空气
当夜带着黑色进入空间时
那淡淡的芳香早已飘入天际

2010 年 3 月 16 日凌晨于出尘斋

157
玫瑰／rose flower

‖ **玫瑰，情爱**

玫瑰，玫瑰，纯粹世界里的纯粹烟尘
情爱，情爱，真实虚无中的真实云雾

2010 年 3 月 25 日晚于民和泉

‖ 水中玫瑰

那房间里有朵枯萎的玫瑰
像装在容器中被腐蚀的水

顺窗而入的清风吹落了花瓣
恰好滚落于水中——

而我所在的房间中
没有玫瑰，没有水

　　　　　2010 年 4 月 1 日凌晨于出尘斋

‖ 玫瑰上的月光

映在玫瑰上的月光
控制了岩石的风景
地球一副幻想的面孔
把黎明看做一种希望

2010 年 4 月 8 日早晨于出尘斋

‖ 啼鸣

玫瑰制造的和风

潜入怀中，依偎梦中

树木无声，土地无声

而夜发出了鸟一般的啼鸣

2010 年 4 月 10 日晚于民和泉

‖ 迟开的玫瑰

你的心现在才敞开
像一朵迟开的玫瑰
不知还要等待多久
才会变作我的入口

2010 年 4 月 12 日晚于纯净泉

‖ 分不清

你高举玫瑰并以玫瑰的姿势

伫立在黑白相间的十字路口上

看得见黄叶纷飞,看得见尘埃枯萎

却分不清你是玫瑰,还是玫瑰是你

2010 年 4 月 12 日晚于纯净泉

‖ 想象中的你

走近你的欲望竟是那么强烈

却找不到通向你的路径……

用痛苦忘记痛苦，用孤独忘记孤独

用心想象着渐行渐远的你……

2010 年 1 月 12 日晚完稿于出尘斋

‖ 腐烂的玫瑰

玫瑰腐烂的气味正在弥漫

月光的突然转向震撼了春天

我怀疑你的面孔被他人替换

因为我的那片空间从未如此暗淡

2010 年 4 月 23 日深夜于出尘斋

‖ 眼前的玫瑰花瓣

心中的天如灵魂被切割成两半
红色的月亮封锁在黑与白之间
十字路口上突起一阵皱纹般的旋风
似有一片单层玫瑰花瓣飘浮于眼前

2010 年 6 月 5 日晚于民和泉

‖ 燃烧的玫瑰

在燃烧的六月，我看见燃烧的玫瑰
死去的月亮重又复活并发出欢快的呻吟
这不是杜撰的童话，这不是虚构的传说
因为我呼出的气流正在城市的边缘化作火焰

2010 年 6 月 9 日早于出尘斋

‖ 生死玫瑰

那朵开放在我生命里的玫瑰
虽然有些憔悴，虽然有些枯萎
也许她的死会危及我的生
但我情愿用我的生换取她的死

　　　　　2010 年 6 月 15 日深夜于出尘斋

‖ 与玫瑰共舞

那灵魂的残影与玫瑰共舞
穿越了时空，打破了阴阳
最后却销蚀在鲜艳的尘埃中
破碎的花瓣搅乱了夕阳的血红

2010 年 6 月 27 日晚于民和泉

‖ 白色的火焰

那朵漂浮于汪洋中的白玫瑰

像是投射在白骨上破碎的月影

苍白的新梦追忆死去的旧梦

白色的火焰开始在水面上蔓延

2010 年 7 月 21 日凌晨于出尘斋

‖ 血玫瑰

我刚刚了解了夏天
她便含笑死去……
我只好用我的鲜血
制成一朵红色的玫瑰
跪在那尚存余温的残骸前
献给你——我亲爱的夏天

2010 年 8 月 5 日凌晨于出尘斋

‖ 玫瑰与爱情

玫瑰/rose flower

玫瑰
在夜色中默默绽放

我在梦里梦外寻找
爱情

爱情在梦的世界里
复活

在无梦的世界已经
死亡

2010 年 8 月 7 日上午于出尘斋

‖ 火焰与玫瑰

在那个漆黑而恐怖的夜晚
看到你呼出的气流凝结成白色的玫瑰
我那张惨白的脸孔映红了黑夜
顷刻间，点燃了死一般的世界
上升的火焰卷起苍白的花瓣飘向遥远的天际

173

玫瑰／une fleure

2010 年 8 月 14 日傍晚于禧温泉

‖ 玫瑰与爱

玫瑰祈求着

爱

爱的目光撕碎了

玫瑰

月光抚摸着一地的

泪

血色的气流让尘埃

恐惧

2010 年 8 月 14 日夜于禧温泉

日月星辰 / *the hosts of heaven*

‖ 看不见月亮

日月星辰\ the book of heaven

在没有太阳的太阳岛上
梦见月亮挣脱了天空的束缚
变作花儿绽放在我的房间里
而我冲破梦的包围
乘风飘入天空……
重回房间里竟是一片漆黑
临窗仰望，却看不见月亮

2009 年 8 月 15 日深夜于太阳岛

‖ 完整的月亮

被空间挤压，她来自八月
从遥远的陌生的时代走来
体内散发着温馨而奇异的气息
正在逐渐抚平黄昏留下的伤痕

毫无意义的一天的尽头
不可思议地呈现出完美的结局
那个秋夜升起完整的月亮
从此，生病的太阳得以痊愈

2009 年 8 月 16 日下午定稿于出尘斋

‖ 完美的月亮

挤压在钢筋水泥里

她从秋雨中走来

像是接受了天使的指派

把爱的暖流注入我的体内

这个秋天仿佛变作一个童话世界

到处都弥漫着桔红色的温馨气息

每到夜晚都会升起一颗完美的月亮

而这片土地上的生灵也不再犹疑

2009 年 8 月 22 日下午于出尘斋

‖ 忘了

忘了：梦是白色的
黑色的，还是红色的？
只记得那匕首形状的山
和远处蛇一样行走的河
没有太阳，月亮只有一点点影儿

那块陌生的淡黄色的土地
何以像手帕飘浮于空中？
忘了，忘了，真的忘了
那画布上的月亮色彩艳丽
月相逼真，如水的月华芬芳馥郁

2009 年 10 月 11 日傍晚公交车一稿
2009 年 10 月 12 日中午出尘斋二稿

‖ 太阳的叙述

城市在夜晚的梦中消失
树木被冬天的空气杀死
天上的月亮和星星在哭泣
太阳躲在另一个世界里
激情澎湃地叙述着人类的历史

2009 年 12 月 7 日晚于落花泉

‖ 诅咒太阳

月光里的阴影如鬼魅的行走
风，血样地流动于空间
树的枝叶抽动着破碎的月亮
魔鬼般的黑暗拥抱着血色的风
人类却在诅咒着沉睡中的太阳

2009 年 12 月 9 日傍晚于民和泉

‖ 月亮跪在你的面前

你像花儿开放在我的眼前
我的感觉里有了新的感觉
岁月的痛苦正在被神灵震撼

你像鸟儿飞越我的视线
不再怀疑尘世，不再怀疑蓝天
欢乐中的危险也不再是危险

透过空气的尘埃，穿越阳光的阴影
隐约望见月亮跪在你的面前……

2010 年 1 月 7 日凌晨于出尘斋

‖ 图景

我经常在半睡半醒中
也经常在似梦非梦里
梦见太阳与月亮同时呈现上空
那一刻，我心震颤，血液沸腾
也许是出自上帝精心的构思
无限的崇高，无限的神圣
是爱的启示，是爱的极致
是把不可能变为可能
也是我青年、中年和晚年
今生乃至来生追寻的图景

2010 年 4 月 1 日深夜于出尘斋

‖ 海边礁石

昨夜梦见太阳从西面升起
红色的身形，红色的脸庞
而我被神改装成海边的礁石
在潮起潮落中观看太阳……

2010 年 6 月 3 日早于省中医二院

‖ 白天的月亮

我梦见你的梦正在燃烧
褐色烟雾托举着橙色火苗
白天的月亮观望着土地的碎片
夜晚躲在阴云的背后暗自感伤

2010 年 7 月 6 日上午于公交车

‖ 白与红

旷野里一片白雪
只有他和她

太阳刚刚下了西山
月亮慢慢显露

旷野上空空荡荡
没有了他和她

雪白的旷野中留下
一点淡淡的红

2010 年 8 月 2 日晚于出尘斋

‖ 金色风景

太阳每到白天便向我倾诉着红色的话语
月亮每到夜晚便向我讲述着白色的故事
而你那谜样的面孔时刻都在仰望着天空
在上帝弹拨的乐曲中被画入金色的风景

2010 年 8 月 6 日凌晨于禧温泉

‖ 第九颗星星

昨天夜里
我看见第九颗星星
正把许多如水的光芒
倾倒在我祖父的坟墓上

今天晚上
我又看见那第九颗星星
它正紧张地望着我……
我发现它比昨夜暗了很多

2010 年 8 月 16 日凌晨于出尘斋

‖ 男人、女人和星光

那天刚刚黑下来
星光就越过月亮
踩踏着圆形的风儿
显露在男人和女人之间

男人正在树叶上写诗
女人正在花瓣上舞蹈
而动物都蜷缩在坟墓里
雨水和雪花嬉戏在草坪上

女人拥抱着星光
嬉笑着上了床……
而男人撕下了树叶
把女人和星光写进了诗行

2010 年 8 月 19 日凌晨出尘斋一稿

2010 年 8 月 19 日下午禧温泉二稿

‖ 血色贴近月色

那缕光辉被红色的刀刃分离
但它们依然闪烁在不同的地域
像蛇一样守望着曾经的过去
渴望白色永久，渴望黑色永存
每个夜晚都用流动的血色贴近月色

2010 年 8 月 31 日晚于禧温泉

‖ 告别

当月亮用文字写满褐色的土地
玉兔逃离主人的怀抱爬上了桂树
我的诗坠入水中，我的歌跌入谷底
而我的灵魂早已抵达一个无月的世界
留下的肉身只能向那美丽的生灵告别

　　　　　　　　2010 年 8 月 26 日傍晚于出尘斋

‖ 感受呼吸

我在落日里
望见月的影子
一步步地向上迈进
而我坚硬的肋骨正在
感受到一种温柔的呼吸

                    2010 年 8 月 24 日傍晚于禧温泉

‖ 红色的月亮

那一年的夜里
我看见你跳入
一颗灰色的星辰上
在那里变作红色的月亮

今年的一个晚上
一片片落叶飞舞到天上
我在迷乱的夜空中寻找着你
却望见许多红色的月亮……

　　　　　2010 年 8 月 24 日傍晚于禧温泉餐厅

另一个世界的诗
Another world poetry

▼

「人与兽／*Man and beast*」

‖ 人类：只会恨不会爱

上帝换上了恐怖面具
男女互换了性别

树枝刺破了天空
大雪埋葬了土地

冰山被男人搬运到了陆地
森林被女人改装成了墓地

太阳看到火炉般高温的地球感到恐惧
月亮看到山峰般高耸的海浪感到忧郁

它昏睡了千年才慢慢苏醒
发现人类：只会恨不会爱

2009 年 11 月 26 日傍晚完稿于出尘斋

‖ 杀了自己

我焚毁了外面的景致
埋葬了家中华美的面具
让动物拿起屠刀杀了自己
自由的灵魂与它们融为一体

2009 年 12 月 7 日傍晚于落花泉

人与兽\Man and beast

‖ 改天换地（1）

人类疯狂地背叛了自己的世界
多余的海水浸泡着古老的尸体
动物拿起笔来记述着未来的时光
负罪的神灵匆忙准备着改天换地

2009 年 12 月 7 日傍晚于落花泉

‖ 改天换地（2）

我们面对面

我们呼吸对着呼吸

打开了天，打开了地

把鲜花的芳香植入太阳中

把树木的根须移入月亮里

从此，改换了那片陈旧的天

从此，更换了那块苍白的地

2010 年 8 月 16 日深夜于禧温泉

‖ 基督的叹息

纸船在板结的土地上爬行
干燥的沙漠抵着枯死的树干
人与兽拥挤在冰制的桥面上
患病的天空处于半睡半醒的状态
基督看着这一切禁不住发出一声叹息

2009 年 12 月 12 日下午定稿于出尘斋

‖ 寻觅

逃离出现代都市
祭拜了高祖的灵墓
沿着野兽的足迹
寻觅那原始部落

2009 年 12 月 24 日凌晨完稿于出尘斋

‖ 野兽的生活

我梦见：天地在一夜之间
还有我和我的同类全部消隐
我很幸运：一只不知名的野兽
快速在我的体内生成鲜活的灵魂
我变成了一只由我的名字命名的野兽
在那没有天地的天地间过着野兽的生活

2010 年 1 月 21 日晚于如梦泉

‖ 人与兽（1）

为了让你远离我
便把房间涂抹得很丑陋
像是一处野兽的居所
而你是人，不是野兽

人把人与兽作了界定
兽把兽与人也作了界定
在这个温暖而震颤的世界里
人说兽恐怖，兽说人恐怖

2010 年 1 月 23 日凌晨完稿于出尘斋

‖ 人与兽（2）

我曾经是男人
像山一样挺立
仰望过苍天
俯视过河流

我曾经是女人
像花一样绽放
在梦里有过爱
在心中有过恨

我曾经是野兽
像魔鬼一样凶残
捕杀过无数猎物
吞食过很多活人

我曾经不是人
我也不是野兽
我接触过人和野兽

和他们亲密地生活过

和人生活时
人称呼我为人
和野兽生活时
野兽视我为野兽

我忽而是人
我忽而是野兽
在世界上存在这么多年
始终不知道自己是谁

但是，我知道——
人与野兽都是地球这个
大家园中不可缺少的成员
必须和睦相处，必须和谐共处

   2010 年 9 月 9 日深夜禧温泉一稿
   2010 年 9 月 10 日凌晨出尘斋二稿

‖ 野兽看见了

血红的夕阳描绘出最后的辉煌
夜风用哀伤的呜咽为她送葬
野兽用太阳般的目光看见了
山峦在萎缩，海水在膨胀
土地在呻吟，空气在颤栗
而那些被尊称为人类的男男女女
正在使用那进化成熟而完美的手掌
戏弄着这个星球，玩弄着这个世界

2010 年 7 月 18 日上午于出尘斋

‖ 他们……

他们正在制造垃圾
而看上去，他们更像垃圾

他们正在残害动物
而看上去，他们更像动物

他们正在书写历史
而看上去，他们就是历史的罪魁

他们正在呼喊保护地球
而看上去，他们就是地球的毁灭者

那些垃圾、那些濒危的动物
以及唯一的历史和唯一的地球
正在哭泣，正在哀鸣，正在流血
正在一步步走向死亡……

2010 年 8 月 12 日晚于禧温泉

‖ 继续徘徊（1）

我在你的体内徘徊了一个世纪
巨大的足印堆积成一座座高山
呼出的气流汇聚成一条条江河
而我依然年轻得像一个婴孩
在那高山与江河之间继续徘徊

2010 年 8 月 17 日凌晨于禧温泉

‖ 继续徘徊（2）

我在野兽走过的道路上徘徊
淡淡的馨香缠裹在身体的周围
无意中举目望见了人的道路
那里的声音和气味让我犹疑
最终还是回转身来继续徘徊

2010 年 9 月 4 日晚于禧温泉

‖ 永恒的恐惧

在夕阳的血红里
你像野兽那样裸露而立
空气中开始繁殖黑色的细菌
没有自由，没有自信，没有自尊
而一种永恒的恐惧正在其中孕育

2010 年 8 月 24 日傍晚于禧温泉餐厅

‖ 像神那样……

我那赤裸的原始身形
在这个世界上赤裸地
展示了半个多世纪——
冲破雨的围剿，冲毁风的围攻
像神那样，做的也像神那样好
从来不怕魔鬼，从来不怕死神
在波涛中行走，在云雾里做梦
生命像原野的草木一样旺盛
思想像蝾螈一样不断生长

2010 年 9 月 9 日上午于禧温泉

‖ 像人那样生存和生活

在这个星球上爬行了半个世纪
才知道应该像人那样直立行走
也许是阳光无意中照亮了丑陋的额头
肉体增加了力量，灵魂增添了思想
这才学会了人的生存本能和生活本领

2010 年 9 月 9 日下午于禧温泉

‖ 仇恨

我那粗糙的皮肉逃离了我精细的骨骼
正在野兽般地向我裸露着狰狞的脸孔
龌龊肮脏的形容释放出龌龊肮脏的气流
像是有什么深仇，像是有什么大恨
疯狂的气焰仿佛要把整个人类赶出地球

2010 年 9 月 9 日下午于禧温泉

‖ 感动上帝

这个世界上有了我
肯定是个天大的错误
因为我始终像壁虎那样爬行
但从今天开始，我突然有了思想
也许是我虔诚的祈祷感动了上帝

2010 年 9 月 9 日傍晚于禧温泉餐厅

另一个世界的诗

Another world poetry

夜与昼 / *Night and day*

‖ 远方

忧郁的目光与夜色融合
孤独的脚步与曲径相撞
朦胧的幻像凸显眼前
依旧残缺，依旧不完整
震颤的心悬于远方……

夜色幽幽，曲径茫茫
为了那神圣的轮廓
为了那神秘的影像
始终在逆风中追寻着光源
坚硬的心系于远方……

2009 年 7 月 3 日清晨完稿于出尘斋

‖ 神的颜色

那一夜，机器的轰鸣声

雷电般袭击着秋天的腹地

而那随风舞动的黑色裙裾

如同一面旗帜展示给玄天上帝

黑色，一种非常"玄"的颜色

庄严而神秘，世界的根本特征

四方四色中最为神圣的色彩

中国人心目中的"天帝之色"

置身于无边的夜色中

高举眼球，也许会窥见

一种令人战栗并憧憬的奥秘

那最深最远处，是"神的黑暗圣光"

巨大的轰鸣声撕裂了空间幕布

散乱的碎片烟雾似的漫天飞舞

秋月凝视着躺在地上的十字架

喻示着明天将会有一个另类的太阳

2009 年 8 月 14 日晚定稿于出尘斋

‖ 为什么（1）

夜与昼 / *Night and day*

灰色的身影融入黑夜
孤独的灵魂无处寄托
十字路口上的足印隐约可见
昨夜的情景也依稀再现

为什么：光常常不属于寻找者
而那干枯的心又总是无人点燃？
为什么：每每看到的月亮都是
那么毫无光泽而又那么遥远？

那张曾经共饮的桌上，又似在同饮
幻像而已，唯有那形单影只的独酌者
为什么？为什么？为什么？
即便那独酌者变化成仙，也不知道为什么

2009 年 9 月 8 日晚写于梦羊泉

‖ 为什么（2）

看不见月亮，踽踽而行
仿佛置身于鬼魅的世界
树木囚禁在砖石中似在哭泣
路在慢慢下陷，不知道为什么？

秋夜如病人的喉咙在喘息
空中的云像死人的脸一无生气
冷风拥抱着尘埃尽情地欢笑嬉戏
为什么——沉重的身躯在飘逸？

攀援而上五十二个台阶
再数着走下十二级阶梯
最后一步一步迈向二十九层楼宇
回望却是一片废墟——为什么？！

2009 年 9 月 8 日晚写于无羊泉

‖ 第四条路

短暂的白日未尽
磕磕绊绊走过三条路
过眼纸花多如浮云
强光封条般遮住眼睛
像一只老迈的蝙蝠
不知道在黑夜来临之前
微弱的声波能否觅取第四条路

2009 年 10 月 3 日早定稿于出尘斋

‖ 苍白的夜色

新鲜的雪花、老朽的枯叶被那
野兽般嘶叫的北风疯狂地卷起
波涛似地浮动于昏黄的空间里

大雪的阴影埋葬了那死去的叶子
冻伤的土地在忧郁里默默地哭泣
孤独的天空在苍白的夜色中颤栗

2009 年 11 月 7 日深夜定稿于出尘斋

‖ 惊世时刻

因为我曾经像游戏似的行走

我的棺材疾风般地赶上了我

后来基督不断用鞭子抽打着我

游戏的脚步突变为光的速度

我的血液如海啸般地沸腾

体内生长着一棵燃烧的火树

夜的尸体一片片躺在我的书中

那个惊世时刻早已在心的深处萌动

        2009 年 12 月 6 日夜定稿于出尘斋

‖ 无限的黑夜（1）

过去，我曾经为黑夜哭泣

也曾经痛恨、诅咒黑夜

而今，我像个孩子似的改变了主意

虽然哭泣，但那是被黑夜感动的哭泣

虽然痛恨、诅咒，但那是针对白昼的痛恨、诅咒

因为我知道，因为我懂得——

白昼是有限的，而黑夜则是无限的

2010 年 2 月 27 日晚于明月泉

‖ 无限的黑夜（2）

在那充满阳光的白昼

无限深情地怀念黑夜

它的神秘，它的深邃

至高至圣者也难以感觉

而上帝赐给我们黑色的眼睛

也许是让我们融入并感觉无限的黑夜

2010 年 3 月 8 日上午于出尘斋

‖ 动

夜被锁进动荡的月光里
馥郁的芳香如水流动
心在移动，魂在游动
琴声正在书写着感动

2010 年 4 月 10 日晚于民和泉

‖ 告别黑夜

我独自在荒原上仰望
没有星星，没有月亮
她以为恰好同我遇合
并用花的姿态惊动我
而我已变作一片树叶
迅速升空——告别黑夜

2010 年 4 月 21 日晚于人和泉

‖ 白与黑

白色的梦行走在
夜的黑暗中

静止的天与飞翔的地
是梦的形式

无色的水和无光的火
是梦的内容

黑色的夜在白色的梦中
永恒地盘旋

2010 年 8 月 3 日晚于自然泉

‖ 赤裸

我曾经在黑夜里见到

赤裸的光，赤裸的花

而魔鬼曾经对我的梦说

看见我女人般赤裸的回忆

在男人般赤裸的路上爬行

2010 年 8 月 19 日深夜于禧温泉

另一个世界的诗

Another world poetry

▼

情与爱 / *affection and love*

‖ 我的爱人不见了

在我四十岁那年
我的爱人不见了

在一个黑魆魆的夜晚
我走进一片空旷的坟场
借着一束束鬼火的光亮
死神笑嘻嘻地陪着我喝酒
我醉了一年多的时间
当我从我的呕吐物上站起时
我的爱人不见了

我原本是富豪
在享用了一桌豪华的宴席后
开始了漫长的行走
我把身上所有的钱财
施舍给了土地和河流
当我成为乞丐后
我的爱人不见了

我躺在一座废弃的破庙里

白天，看着蜘蛛织网

夜晚，望着星星眨眼

耳朵听着近处的风声和远处的笛声

微笑伴着我进入梦乡

当一只纤细而粗糙的手把我推醒

我发现，我的爱人不见了

我的爱人不见了

在我四十岁那年

        2001 年 2 月 24 日定稿于出尘斋

‖ 我 · 你

那一刻
天地缩小了
小到可以放进我的口袋里

那一刻
世界化作一个影子
一个可以用你的手帕盖住的影子

那一刻
我发现了我
你发现了你

那一晚
我滚动的泪
打湿了夜

那一晚
你裸露的心

染红了天

那一晚
我不是我
你不是你

那一梦
刀剑般的翅膀刺破劈碎了夜空
受伤的羽翼把月光染的血红

那一梦
柳枝在空中似仙子的绿袖翻飞舞动
白雪般的柳花把阳光冻的僵硬

那一梦
我迷失了我
你迷失了你

那一天
丘比特的箭射中了我们
两颗衰竭的心脏地震般的开始抖动

那一天

上帝安排我们见了面
两个将息的生命烈火般的开始燃烧

那一天
我变成另一个我
你变成另一个你

那一月
春风吹乱了时间
我松树般的体格分外雄健

那一月
春光刺破了空间
你桃花般的脸庞格外灿烂

那一月
我拥有了我
你拥有了你

那一年
我是一座高山
雄伟的山峰被云雾逐渐遮掩

那一年

你是一片树叶
鲜绿的叶片被风霜破坏了容颜

那一年
我失去了我
你失去了你

2007 年 5 月写于武汉

235

情与爱 \ affection and love

‖ 哀伤的灵魂

情与爱 \ *affection and love*

你在那空旷处留下了什么？

纤细的脚印、印章似的影子

和弥漫在风中的淡淡气味

太阳、月亮和星星黯淡无光

唯见一道若隐若现的白光

却不见了那脚印和影子

风中也不再有那淡淡的气味

太阳、月亮和星星都消失了

而我的躯壳骤然化作一堆碎片

裸露的灵魂发出一阵绝望的哀鸣

2009 年 3 月 20 日晚于黑龙江省中医二院

‖ 雪地情思

再也找不到你了——
那么迅速风儿般地去了
那双忧郁的眼睛，那张没有血色的脸
在那块白雪覆盖的空地上——
如今已是一片生机昂然的绿地

再也找不到你了——
那么迅速风儿般地去了
那背影在我头脑中凝固成永恒的画面
又一次面对那块雪地，仿佛又看见了
那双忧郁的眼睛，那张没有血色的脸

2009 年 3 月 21 日晚于黑龙江省中医二院

‖ 石头

你是一块石头

潜藏在苍茫的海水之下

我已一无所有一无所求

厌倦了平庸的生活

和堆满垃圾的世界

我渴望和你一样化作一块石头

永远与水为伴，静静地躺在海底

2009 年 3 月 26 日晚于黑龙江省中医二院

‖ 心吻

我生活在梦中

走在空间和时间里

脚下流动着垃圾

头上燃烧着雨和雪

耳中灌满了混乱破碎的音符

眼里充盈着枯草和腐烂的落叶

不知走了多少年

也不知在哪个梦里

隐约望见了一束花……

不，那只是花的影子

我竟然那么激动、亢奋

掏出心来亲吻那影子

影子已染上鲜红的血迹

然而，我茫然四顾——

却望不见影子的"主人"……

2009 年 3 月 29 日凌晨定稿于

黑龙江中医药大学附属二院

‖ 无名花

你是花，但我叫不出你的名子
因为看到的全是叶子
却看不清被密叶遮蔽的花容
只能耐心耐心耐心地等待等待等待

时间坠落了，像一颗灰色之星
废墟如同强盗侵占了大块大块的空间
太阳失去了光芒，而月亮却格外明亮
我僵尸般漂浮在那废墟一样的海洋上
梦见你把叶子一片一片一片地剥掉剥掉剥掉

2009 年 3 月 29 日傍晚于黑龙江省中医二院

‖ 亲爱的——我爱你！

亲爱的，如果你是水

我不会让点滴浊物污染你的灵魂

也不会让凛冽寒风把你冻得僵硬

更不会让炎炎烈日熔化你的身躯

我会倾家荡产倾尽所有

为你选定一方乐土净地

我会化作大山日夜守护在你的身旁

看着和听着你自由欢快地舞蹈歌唱

亲爱的——我爱你！

亲爱的，如果你是花

我不会让狂风折断你的枝干

也不会让暴风雨蹂躏你的叶片

更不会让雷电摧残你的容颜

我会把你种植在我的心田

用我全部的汗水去培育

用我宝贵的生命去呵护

用我一腔的热血去浇灌

亲爱的亲爱的——我爱你 !!

亲爱的 , 如果你是火
我不会让狭小的空间禁锢你的光焰
也不会让残暴的淫雨阻断你的红色气息
更不会让邪恶的神祇伤害你这 "木之子"
我会不断地给你添加易燃的大茴香枝
让你在永恒的明亮中诉说、飞舞、吟哦
我会把整个身体投入你那光芒闪亮的怀抱
让你燃尽我身上所有尘世间的秽迹污浊

亲爱的亲爱的亲爱的——我爱你 !!!

2009 年 7 月 19 日上午定稿于出尘斋

‖ "她"

我经常在死寂无声的深夜里
感觉有柔和的气息扑面而来
哦，那是"她"，就是"她"
"她"是谁？谁是"她"？
这个谜——很难很难解开
但"她"始终跟随着我
每时每刻都和我在一起

2009 年 7 月 31 日下午于出尘斋

‖ 你的影像

犹如相信太阳每天都会升起一样
每时每刻都能感觉到你的存在
你的影像已不再那么朦胧、虚幻
在我的心里逐渐趋于完整、完美

你的影像是我"心灵的方向"
天使般引领我感知那"最高的存在"
仿佛看见了无垠的纯粹的空间
鲜艳的花朵正在那里无限地开放

2009 年 8 月 21 日下午定稿于出尘斋

‖ 童话中的童话

那个秋日的下午直至夜晚
似有异象引领着延伸到江岸
冷月斑驳地印刻在石块上，而那
不散的幽香浮动在纯粹的空间里

乏味的时间蹿动着火焰
没有太阳的天空一片茫然
躁动的生命依恋着远古的春天
神灵般拥有着无限失落的伤感

宁静、纯真而神秘的薄唇
抚摸着那一半的肌肤和气息
迂回的道路犹如扭曲的十字架
而她正隐身在童话中书写着童话

2009 年 8 月 25 日凌晨于出尘斋

‖ ?!——!? ‖

咨询电话服装
信息秋雨酒楼
属性姓氏母爱
冷风淫雨长夜

？？？？？？？？？
！！！！！！！！！！
，，，，，，，，，
………………………………

诗歌—短语—激情
暖秋—蓝天—阳光
爱—融合—人与仙
多疑—误解—怨恨

！！！！！！！！！！
………………………………
，，，，，，，，，
？？？？？？？？？？

2009 年 8 月 25 日凌晨于出尘斋

‖ 无色的影子

灰白的天空投下的无色影子
秘密行走在镜片般的冰面上
没有一粒灰尘，没有一丝杂音

一行行古旧而无声的矮墙
一朵朵古老而无名的残花
仰望着似水流动的天空

无珠的眼眶看着十字架上的耶稣
裸露着趾骨的脚踩着恐龙的尸骨
土地站在山顶卖弄着女性的柔美

杨贵妃在唐玄宗的视线里拥吻着安禄山
拿破仑在狮身人面像的掩护下进攻滑铁卢
月亮得知阳光和海水的奸情后失声恸哭

滚烫的泪水火一样熊熊燃烧
那冰面顷刻间化作万丈瀑布
无色的影子从此远离柔情的土地

2009 年 10 月 14 日下午富和泉一稿
2009 年 10 月 18 日晚上永和泉二稿

‖ 那一夜，在爱与恨的大街上

那一夜，在爱与恨的大街上
走了很久很久很久
走了很长很长很长
走了很远很远很远

走的很慢，一如她脸颊上爬行的泪滴
和我那些哀怨的诗行，又如一个活着的
木乃伊，颤颤巍巍地行走在腐烂的棺材里
呼吸着新鲜的尘烟，在阴凉的虚无中飘拂

衰老的秋天散发着苍凉的气息
猛然发现自己的视力正在衰退
而那为虚假的节日换上的新装
在月亮升起的时候就已溅上了污水

那一夜，在爱与恨的大街上
走了很长很长很长
走了很久很久很久

走了很远很远很远

走在途中不能转身更不能停留
只能向前，转身会化作雕像
而停留会融化在浓重的夜色里
石块般的身躯早已被水流磨损

灵魂如同一粒尘埃游荡在夜空里
肉身形同一具残骸漂浮于云烟中
失去了金子和枯叶，也失去了昨天和明天
它们被阴冷的秋风吹送到另一个幸福的国度

那一夜，在爱与恨的大街上
走了很远很远很远
走了很长很长很长
走了很久很久很久

2009 年 8 月 27 日晚果戈里大街一稿
2009 年 10 月 21 日上午出尘斋二稿

‖ 东行的起点

情与爱 / *affection and love*

那十字路口仰望着深邃的天空

脱去叶片的树干在冷风中战栗

飘摇的楼宇、晃动的寺庙和那些

山形的云块，都在无言地凝视着我

无名的神明在梦里随意把我的灵魂

抛向那里，醒来意外看见她的灵魂

两颗古老的灵魂至今才有机会相聚

也许，那十字路口是他们东行的起点

2009 年 11 月 1 日傍晚写于无羊泉

‖ 为什么是你？

怎么是你？为什么是你？

很久很久以前，我们见过面

在船上，在车上，抑或是

在一条古道上擦肩而过……

你弹奏着怀中琵琶走出青冢

你迈过马嵬坡前佛堂的门槛

琵琶声动听，容颜美若牡丹

我用眼睛欣赏却忘记了用心去爱

每每显现都飘逸着淡淡的芳香

身后好像生长着无形的花丛

而夜晚又充满了如水的光华

仿佛土地上诞生了一颗新的月亮

走在无土的"土地"上

真实的存在？纯粹的虚无？

能够改变固有的生存方式

甚至能够永生，能够死亡

很久很久以前，我们见过面
在山上，在水上，在地上，在天上
并且始终在追问着——
怎么是你？为什么是你？

2009 年 10 月 10 日晚出尘斋一稿
2009 年 11 月 12 日晚出尘斋二稿

‖ 爱过的土地

那片我曾经爱过的土地
据说经常与神话和传说交往
并且结识新鲜的黎明
用心接纳纯净的黑夜
如今已经裸露出花草和树木
而且比我的梦还要繁茂昌盛

2009 年 12 月 12 日晚于梦幻泉

‖ 火与水

我如火燃烧：感觉感觉
你如水流淌：体悟体悟

情与爱 / *affection and love*

彼此被纯净的目的深深地吸引
相互的仰望抑制了苍白的时间
两人的呼吸充盈着干枯的空间

哦，火在盘旋，水在回旋
火与水于时空中完满地合于一体

2010 年 1 月 5 日晚定稿于出尘斋

‖ 传说

那徘徊于天地间的神秘物
仿佛主宰着我们的命运
朦胧而不确定的影像
时而让我们感到恐慌
时而又让我们感到充实
同居在同一个球体的万物
演绎着不同情节的故事
爱与恨、恨与爱不断交替
生与死、死与生是最神圣的诗
但有时也会像顽童的游戏
而那传说中的神越传越神
其实，我们的星球和我们
在其他星球那里也是传说

2010 年 3 月 4 日晚于禧温泉

‖ 节日

我像盼望节日那样盼望你的到来
那么多节日过去了，你却没有到来

只有过去的时间回荡着你的声音
眼前的空间不断像我重现你的身姿
天空飘落的细雨像是你的泪滴
空旷的土地还刻印着你模糊的足迹
而那盛开的鲜花则酷似你的笑靥

又过去了那么多节日，还是不见真实的你
但是，我相信感觉，我相信神奇
也许在普通的一天，也许在不是节日的一日
你会像一只可爱的小鹿，鲜活地展示在我的观望里

2010 年 3 月 4 日晚于禧温泉

‖ 唯愿……

唯愿我在风雨里站在你面前
犹如阴影颤栗地站在你面前
因为失望，因为失落
希望你如花香穿透我似穿透空气

唯愿我在夕阳里站在你面前
犹如枯树委靡地站在你面前
因为伤感，因为伤痛
希望你像月光穿透我如穿透云层

哦，唯愿我在痛苦的时候站在你面前
犹如正在融化的雪山站在宏大的海洋面前
不是因为恐慌，不是因为恐惧
而是希望你接纳我如同大海接纳百川

2010 年 3 月 4 日晚于禧温泉

‖ 永恒的记忆

情与爱\ *affetion and love*

你的意识曾经游历于世界
那一刻，我拥抱了你——

纯粹的爱心，纯粹的关爱
如同阳光正常照射到玫瑰
月影在高山之上逗留了一回

岁月走过了那么多时空
肌肤也从未间断过回忆
那是爱的回忆，并由肌肤
渗透到心底，成为永恒的记忆

2010 年 3 月 7 日凌晨于出尘斋

‖ 你在酒杯里

你的脸庞显现在酒杯里
像红玫瑰凸显在月光中
缓缓品味着杯中酒……
你也在慢慢进入我心里

2010 年 3 月 14 日下午于民和泉

‖ 序曲

情与爱 \ *affection and love*

看这首诗的人不是你吗？

不是你有着一头比最美的夜色

还要美的黑发，在刚刚过去的

那个星期五，微微启动黑色的奔驰

在我深情的目光护送下，离开我这里吗？

哦，读这首诗的人就是你

因为你有一张柔美而白晰的脸庞

比明亮的白昼还要明亮，即使在

黑夜里也会像明月一样闪亮

让我一见便深深地刻印在心底

此时此刻，读着这首诗的你

秀美的眼里，也许正放射出玫瑰色的光

带着音乐般的心跳亲吻着这些诗行

丰富而多彩的表情令人难以想象

现在的你，是这个世界上最亮丽的风景

而此时的我，正伫立在窗前向远处眺望

并在心里默默地对你说：这首写给你的诗

如同交响乐的序曲，仅仅才是开始……

2010 年 4 月 4 日凌晨于出尘斋

‖ 舞蹈者

罂粟花装点着贫瘠的土地
身披阳光的人注定被遗弃
没有亲情，没有感情，没有爱情
舞蹈者对挺拔的山峰丧失了记忆

2010 年 4 月 10 日下午于出尘斋

情与爱\ *affection and love*

‖ 伟大的爱

伟大的爱总是回望伟大的灵魂
却在不经意间不经意的地方看过来
如同神圣的花朵总是开放在神圣的土壤上
其实，那就是上帝在古老的黑暗中做的安排

情与爱 / *affection and love*

2010 年 6 月 13 日晚于通达街

‖ 旧与新

旧的记忆都已经死亡
新的记忆从正午开始
过去的时光滞留在糜烂的花丛
所有黑色和白色的欲望
都被自身点燃的火焰烧光

你那闪光的面庞熔化了旧时的我
一个新我又在你那如花的目光中诞生
花儿遮蔽着阴影，鸟儿啄食着阳光
我将用新的躯体释放出新的能量
把你那黑亮的发丝再镀上一轮金光

2010 年 4 月 16 日晚于出尘斋

‖ 转身（1）

你在春寒中转身而去
并带走了成熟的星辰
让我独守荒芜的乐园
只身面对那燃烧的夏天

2010 年 4 月 21 日晚于人和泉

‖ 转身（2）

你在风雨后突然转身
脸上挂着闪光的泪痕
我只好点燃孤独的火焰
在炙烤中观看光的容颜

2010 年 4 月 21 日晚于人和泉

‖ 转身（3）

你把阳光植入我的面庞
你把希望植入我的心房
然后，你便默然转身
留下雾一般的图像

哦，企望那全能的上帝
哦，企望那神奇的天使
在那茫茫的雾中——
再造一个你的真实影像

2010 年 4 月 26 日晚于美景泉

‖ 植入体内

我早已把你像种子那样植入体内
短暂的温暖，你便生长成如花的身形
因为我的体内有太阳般鲜红的心脏
因为我的体内有水一样纯净的血浆

2010 年 4 月 26 日晚于美景泉

‖ 腐朽的等待

等待那个生命，等待那个存在
漫步在安静而虚幻的时间里
伫立在宁静而多梦的空间中
疲倦地祈求，疲惫地祈祷
等待中的等待变为纯粹的等待
不变的动作，固定的姿态
等待在多变的风中化作腐朽的等待

2010 年 6 月 15 日晚于禧温泉

‖ 夜晚的阳光

你，每到夜晚便走近我的床前
用热烈而柔和的目光抚摸着我
很轻很轻地呼唤着我的名字

慢慢苏醒的我嗅到了阵阵芳香
眼前没有黑暗，眼前只有光明
我的身心沐浴着夜晚的阳光里

2010 年 7 月 4 日深夜于出尘斋

晨曦——给 X.L

情与爱 \ *affetion and love*

你那柔美的身影溶入橙色的黄昏
优雅的步履形同风中摇曳的玫瑰
轻挥的手臂诠释着迎面而来的夜色
而我恋恋不舍地惜别了神秘的梦境
恰好望见幽深的树林里升起的晨曦

2010 年 7 月 30 日晚于禧温泉

‖ 窒（1）

你化身为远古时的仙子
有意无意地给我设置路障
那些荒草、野草甚至仙草
让我窒息，让我窒碍难行
但我会另辟一条通向你的路径

2010 年 8 月 5 日傍晚于公交车上

‖ 窒（2）

我的爱在体内窒息了千年
是你从天而降开启了阀门
亲手释放出一股冲天的烈焰
点亮了星辰，焚毁了黑暗
又是你出面阻止了火势的蔓延

2010 年 8 月 5 日晚于禧温泉

‖ 上帝般的怀抱

过去的岁月像锋利的尖刀

把我的影子刺进黑色的墙壁

浮尘中弥漫着殷红色的血液

而你在这个雨水浸泡的季节

托举着明亮如太阳的头颅

晃动着晶亮似月亮的眼珠

让我欣慰，让我欣悦，让我欣喜

从此，告别那苦难而冰冷的岁月

把疼痛的身躯投入你上帝般的怀抱

2010 年 8 月 5 日夜于禧温泉

‖ 刻印在山峰上的文字

你把目光深入我的胸膛
那里的颜色和夕阳一样
而我把对你的爱用文字
的形式刻印在古老的山峰上
一旦那文字消逝天空就会死亡

2010 年 8 月 6 日凌晨于出尘斋

‖ 天使

那是个阴雨绵绵的黑夜

冷风把破碎的雨滴砸向我的躯体

我的身躯即刻就要四分五裂

恰在此时，你在天上画出一盏灯

并且遵从上帝的旨意——

化作天使，向我展开伞状的羽翼

2010 年 8 月 6 日凌晨于禧温泉

‖ 灵（1）

那一天在你的头上看见了
神灵

难道在你的身上真的伏有
神灵

情与爱／affection and love

那天夜里在空旷的梦中向你
乞灵

但那虚无缥缈的梦境实在是
空灵

2010 年 8 月 8 日中午于出尘斋

‖ 灵（2）

你是上帝指派给我的精灵
赋予我灵感，赐予我灵气
每当我孤独地面对风和雨
面对那漫长而恐怖的黑夜
你的灵光便会闪现在我的视线里

2010 年 8 月 8 日下午于出尘斋

‖ 我的诗和你的梦

我梦见我的诗行走在
你的梦里

我的诗正在你的梦里
舞蹈歌唱

你的梦正在我的诗里
凝神观望

而我的诗正设法摆脱
你的梦

而你的梦已经爱上了
我的诗

2010 年 8 月 12 晚于禧温泉

‖ 我的爱情空空荡荡

我把泪水洒在那片忧郁的原野上
而我的鲜血还在你吻过的土地上流淌
你曾经说过像花一样在那里誓死绽放
时刻仰望着月亮，时刻面对着太阳
为何不见了身影？为何闻不到花香？
在那里，我看到——我的爱情空空荡荡

2010 年 8 月 14 日晚于禧温泉

‖ 永远跳动的心

你用刀一般的手指剖开
我的心

情与爱 \ *affection and love*

发现
里面宽敞得像一个广场

你像探险家小心翼翼地
走进去

从此，我的心永远都在
跳动

2010 年 8 月 15 日深夜于出尘斋

是否回还?

工作了一百年后

我沿着山峰登上了天

在无人的区域里释放着压力

无边的寂寞让我忍不住往下看

那里依旧喧嚣，那里依旧狂乱

我是否回返？我是否回归？我是否回还？

2010 年 8 月 17 日凌晨于禧温泉

‖ 监控 · 遥控

情与爱\ *affection and love*

白天，我行走在大街小巷时
你的影子赶在我的前面引路
夜晚，我的头刚刚落到枕上
你的脸庞就占据了我的眼帘
而当我进入梦乡，一个活生生的你
便开始精心为我设计梦的形式和内容
哦，你时刻都在监控着我的呼吸
哦，你时刻都在遥控着我的生命

2010 年 8 月 19 日傍晚于禧温泉

‖ 我知道你要问我什么

你问我和谁在一起睡觉

夜晚和不同的女人睡觉

白天和我自己睡觉

你又问我都穿什么衣服

白天不穿衣服，因为我行如飓风

夜晚穿三件大衣，因为每晚都是寒冬

你还问我为什么整天都在行走

因为我的房子一年四季都没有光明

你继续问我……我转身离你而去

因为我知道你要问我什么……

　　　　　　2010 年 8 月 19 日傍晚于禧温泉

‖ 永远的诗

　　我的诗是一条船——脆弱而坚硬的船
　　而你恰好是脆弱的，而你恰好是坚硬的
　　脆弱得像风中的蝴蝶，坚硬得像海边的礁石
　　诗之船航行在你那如水的目光里并最终停靠在
　　你的身旁，因为你是永远的诗而诗永远都是你

　　　　　　　2010 年 8 月 24 日夜于禧温泉

‖ 像过去那样面对着我

我在你的墓地漫步

夕阳染红了一地的白雪

那张断裂的玉兰花般的脸

被寒冷的夜色聚合到一起

并且像过去那样面对着我

2010 年 8 月 31 日傍晚于禧温泉

‖ 生长在高处

这个世界上没有
一条通向你的路
因为你生长在云端
享受着至高的孤独
而我是一棵小树
只有到了千年之后
叶茂枝高的那一刻
才有可能触摸到你
但，也许那时的你
又会生长在更高处

2010 年 8 月 31 日晚于禧温泉

286
情与爱 / *affection and love*

‖ 孤独地燃烧

我把爱全部给了你

像星球一样环绕着你

而你却真的像太阳那样

将我点燃便任我孤独地燃烧

每天都匆匆地从东边向西边走去

2010 年 8 月 31 日晚于禧温泉

‖ 思念孤独的童年

情与爱 \ *affection and love*

黑蝴蝶飞机般在我的白发上盘旋

一位老者突然叩开了我的梦幻之门

问我是否有家庭，问我是否有爱情

我拿起笔来写下六个字：有家庭有爱情

而我的心却在孤独的梦中思念起孤独的童年

2010 年 9 月 4 日晚于禧温泉

‖ 示爱

把火中的苹果赐予跪拜者
把水里的花儿给予哭泣者
面容凝重，面色鲜亮
泪在褐色的土地上静静流淌
爱在灰色的树冠上闪闪发光

2010 年 9 月 9 日下午于禧温泉

‖ 鲜红的影子

每到黄昏，我便望见远处

那个若隐若现的影子——

在迷漫的空气里书写着我的名字

夕阳把那影子浸染得鲜红鲜红

我嗅到了我的名字弥漫着的血腥气息

当夜色来临时，那影子也渐渐地消隐

而我的名字正在茫茫的黑暗中扭曲、碎裂

2010 年 9 月 9 日晚于禧温泉

‖ 爱你（1）

你是我心里的一幅静物画
那么静，那么柔，那么美
我用心注视着你——
你那晶莹如星的眼睛
闪烁着神秘的幽深的光泽
你那芬芳如花的脸庞
绽放着无声的爱的表情
你那流动如水的身影
倾诉着柔美的肢体话语
我喜欢你，我爱你——
喜欢你安祥呆在我心里的样子
爱你在我心里永远永远的美丽

2008 年 9 月 6 日午夜于出尘斋

‖ 爱你（2）

情与爱＼*affection and love*

　　爱你在繁花包裹的房间里
　　逍遥的白玫、月亮样浓烈的黄菊
　　美艳如贵妃般的红牡丹……
　　你在我的眼里似花非花
　　同花儿一样美却更显圣洁和高贵
　　仿若佛龛上一束永不熄灭的烛火

　　爱你在深秋的季节里
　　落英缤纷，像仙女从
　　高空洒下的片片金叶
　　仿佛空中花园正从天上飘落
　　整个秋天骤然化作一个童话世界
　　我那如花的爱情正在用心凝视着我

　　哦，爱你在花房，爱你在深秋
　　爱你——爱你——爱你永远在我的心中

2008 年 10 月 9 日完稿于出尘斋

‖ 爱你（3）

今天，也许是昨天，或许是前天

我于朦胧中望见一个天使

她没有长翅膀却带着人性的微笑

我用心对她说：爱你——

她用眼睛对我说：爱你——

2008 年 10 月 14 日晚于出尘斋

‖ 爱你（4）

我于午夜时分迈出家门

月亮从我身旁走过

边走边说：爱你……

星星从我头上跑过

边跑边说：爱你……

当我重又躺在家中的床上

我的梦对我的影子说：爱你……

2008 年 10 月 19 日凌晨于出尘斋

‖ 爱你（5）

其实，在那个绿色的春天里
我就已经对你说过：爱你
你的笑容像一个首古老的歌
让我这个忧郁之人
埋葬了苦难的往日

其实，在那个粉色的夏日里
我就已经对你说过：爱你
你的脸庞如玫瑰般光艳
让我这个卑微之人
走在了阳光灿烂的路上

其实，在那个黄色的金秋里
我就已经对你说过：爱你
你的眼睛似圣水样明亮
让我这个寂寞之人
步入了一座晶莹的殿堂

其实，在那个银色的暖冬里
我就已经对你说过：爱你
你的身影云雾似的神秘
让我这个孤独之人
仿佛和神仙为伍相伴

哦，我的记忆好像出了差错
说爱你的时候，不是那个春天
也不是那个夏日、金秋和暖冬
而是很久很久的从前
或许是很远很远的前世

2008 年 10 月 19 日凌晨于出尘斋

‖ 爱你（6）

我忘记了晚上，忘记了早晨

窗外光秃的树木与冷风接吻

我在屋内和无声的空气对话

天花板像一片阴暗的天空

地板泛起骷髅般恐怖的光

空荡的大厅如同停尸房死寂无声

那已经是很久很久以前的事了

妖艳的女鬼在阴间里做着人的梦

战死沙场的将军挥舞着血淋淋的战旗

杨玉环站在马嵬坡上唱着最后的哀歌

我不知道这是否曾经发生过

还是晚上或者早晨做的梦

醒来时闻见那床上散发的温馨气息

心却在不停地颤抖，仿佛在说

爱你……爱你……爱你……

2008 年 11 月 6 日傍晚完稿于出尘斋

‖ 爱你（7）

很多年前那个深秋的傍晚
让我至今并且永远不能忘怀

我们漫步在一条弯曲的山路上
走了很久很久的时候
耳畔响起一声很轻很柔的声音
——爱你⋯⋯
我看了看她，她也正在看我
那声音像是她又不像是她发出的
那么，那声音是谁发出的呢？
是那吹抚着我们身体的山风？
是我们身旁的野草、野花？
是我们脚下的片片落叶？
还是我们身边的大山？
抑或是我们头顶上的秋月？

许多年以来，那声音——
像个不离不弃的情人始终陪伴着我
让我怀恋，让我痛苦，让我忧伤
更让我幸福，让我快乐，让我陶醉

2008 年 11 月 19 日傍晚写于石羊泉

‖ 爱你（8）

第一次见到你

我用眼神对你说：爱你

你让我认识到做女人的真正价值

更让我体悟到了女人特有的幸福

那是个雪花纷飞的寒冷冬日

你在我平静的身体里点燃了一团火

我们结婚的那一天

我用心对你说：爱你！

感谢上帝让我找到了缺失的另一半

由此宣告我已是一个完整的人

那是个落叶飘飞的萧瑟暮秋

体内燃烧的那团火正在温暖着我的心

我们离婚的那一日

我用眼泪对你说：爱你——

我无条件地服从并且无怨无悔
因为你是我心中唯一的上帝
雨滴织成的巨大水帘遮掩了夏日
泪水伴着雨水流淌但体内的那团火决不会熄灭

我躺在殡仪馆里时
我用刚刚化过妆的脸庞对你说：爱你……

由你点燃的那团火熄灭了
过去的一生，拥有你是我最大的幸事
从这个春暖花开的季节开始
我会在另一个世界一刻不停地追随你、祝福你

2008 年 12 月 13 日傍晚于出尘斋

‖ 爱你（9）

在孤独的日子里

没有人说：爱你

冰冷的城市像冻僵的尸体

汽车在路上像抛锚的船只

行人的脸色像灰蒙蒙的水泥地

我们相对无语

在旷野一般巨大的屋子里

灯光很快就暗淡了下去

在忧郁的日子里

没有人说：爱你

白雪在树枝上幽灵似地走动

无声的城市散发着死亡气息

喧闹的舞厅搅碎了夜色

我们终止了争吵

在十字路口处

默默地各奔东西

在灰暗的日子里

没有人说：爱你

世界的心脏塞满了冰块

冻死的玫瑰躺在角落里

老鼠躲在夹缝中倾听人的话语

我们都不给对方打电话

蛇一样蜷缩在被窝里

闭着眼睛不知道在想什么

太阳、月亮和星星都不见了

整个世界没有一丝光亮

人们仿佛生活在地狱里

现在恰好是十二月——

不知道这里有没有圣诞节

2008 年 12 月 14 日凌晨于出尘斋

‖ 爱你（10）

我不能死也不会死，尽管我死过很多次
大雪疯牛群一样扼杀了这座美丽的城市
天空阴沉，高楼灰暗，树木消瘦……
男男女女在坚硬的街道上甲虫似地爬行
但是，我依然像从前那样爱你——
因为我爱的人和爱我的人就深藏在这座城市里

2008 年 12 月 23 日傍晚于出尘斋

‖ 爱你（11）

爱你在仲秋的细雨中

红花、绿树和黑土地上

蒙上了一张张雨珠编织而成的网

你在朦胧的雨雾里若隐若现

像一朵悬在天上飘忽不定的云

让我重又回到儿时的梦境

爱你在严冬的季节

寒风凛冽，大雪纷飞

天空像一条凝固的冰河

我的爱情冻结成白色的冰面

而那冰面的最底层

却流动着滚滚热浪

爱你在夏日的夜晚

夜色在燃烧，空气在煎熬

滚烫的灰烬充满了无垠的空间

而望见你那明亮的面庞，就如同

感受到了月光一般的柔和、清凉
令我心神迷乱，彻夜难眠

哦，爱你在秋雨里
爱你在严冬，爱你在夏日
但更渴望爱你在柔润多情的春风里

2009 年 6 月 30 日上午定稿于出尘斋

情与爱／*affection and love*

‖ 爱你（12）

我爱这个世界
辽阔的天空
无垠的大地
红花，绿树，青草
伸手可及的灰尘
飘忽不定的云朵

我爱这些人
男人，女人，老人，孩童
他们的汗水、泪水和血液
他们的悲欢离合，喜怒哀乐
还有那些真的或假的许诺
所有美丽的和丑陋的灵魂

我更爱你——
明月般的脸庞
蝴蝶样的身姿
慈母似的爱心
以及你的长处和短处、优势与弱势
你的一切的一切，你的所有的所有

2009 年 8 月 22 日下午于出尘斋

‖ 爱你（14）

我不喜欢童话和神话

以及令人目光疲劳的鲜花

唯独爱你营造的不可更改的风景

和你亲手绘制的只可意会的图画

　　　　　　2010 年 3 月 13 日傍晚于出尘斋

‖ 爱你（15）

爱你——
面对一个死寂幽暗的陌生空间
不朽的心悬浮于现世与异域的临界点

爱你——
没有了时间的感受
身体像羽毛一样随风飘舞

爱你——
蓝色的灵魂逸出肉体
化作疾风不停地追寻光源

哦，终于和光线合成一体
感觉像是同宇宙融合在一起
而此时此刻，依然坚定地爱你！

2010 年 5 月 22 日深夜于出尘斋

‖ 爱你（16）

对你——
会用我那疼痛的手臂去搀扶
会用我那虚弱的气息去呵护
会用我那受伤的大脑去思想
没有手臂，没有气息，没有大脑
我还有一颗跳动着的鲜红的心
那滚烫的血液将会紧紧地环绕你

对你——
我会一心一意，我会全心全意
把你安置在我的心中和梦里
把你看做世界，把世界看做你
因为我只爱有你的这个世界
因为我只爱这个世界上的你
哦，爱你，也爱这个世界
哦，爱这个世界，更爱你

2010 年 6 月 15 日傍晚于禧温泉

另一个世界的诗

Another world poetry

生与死／*life and death*

‖ 我死的时候

我死的时候

如果是温暖的春天

一腔静止冷却的血液

也会为你——

凝结成紫色的玫瑰

我死的时候

如果是火热的夏日

一对黯淡干枯的眼珠

也会为你——

倾尽最后的泪滴

我死的时候

如果是萧瑟的暮秋

一颗疲惫衰朽的心脏

也会为你——

枯叶似的颤栗

我死的时候

如果是寒冷的冬季

一具冰凉僵硬的躯体

也会为你——

发出微弱的气息

我死的时候

无论春夏秋冬

无论身在何地

都会把你的影像

刻印在我永久沉睡的头颅里

　　　　　2007 年 8 月 5 日深夜于出尘斋

‖ 祝福死亡

昨夜那哭嚎声

子弹般穿过墙壁

在我的耳畔呼啸而过

那位老妇人的灵魂

也越墙站立在我的床前

冲着我发出开心的笑

我礼貌地报之一笑

便开始羡慕甚至忌妒她

而今天中午却没有哭嚎

那位年轻妇人的灵魂

轻风似的飘落在我的床前

很是妩媚地冲我嫣然一笑

我的眼里放射出惊异的光芒

不是羡慕和忌妒

而是向往和祝福

2009 年 3 月 28 日上午于黑龙江省中医二院

‖ 死去的昨天

死去的昨天，像某个朝代的某个

满腹愁绪而又柔弱无骨的美人

偶尔，淌出几滴哀怨的泪

偶尔，花儿绽放般地一笑

那神情让人又怜又爱，如醉如痴，逍遥欲仙

当我很老很老的时候

突然做了一个奇怪的梦

她裸露出一颗伤痕累累的心

并向我喷射火焰，发射箭镞

我如同一座风化了的山，即刻倾倒且化作灰烬

当我行将进入天国的时候

又做了一个梦——最后的梦

我还活着，而你就要死了——一副幸灾乐祸的样子

我无言以对，从此不再从梦中醒来

而是站在体外的一个地方观望着自己的躯壳……

2009 年 7 月 8 日早晨定稿于出尘斋

‖ 走到死亡

昨日的梦跟随着
今天的无限脚步
奔向那从未到达的地方

传说，那里的太阳储藏着黄金
空气中的尘埃穿着美丽的衣裳
树木和花草每天都用火焰灌溉

为了挣脱丑陋的土地的包围
不断用梦支撑着疲惫的步履
不惜驱动着肉体行走到死亡

2009 年 10 月 11 日上午公交车一稿

2009 年 10 月 11 日下午出尘斋二稿

‖ 死亡的思维

死亡的思维苍白的令人赞叹

那么多爱过的面孔有了新的内容

在刚刚望得见的一条隐形路径里

一定会出现那个美丽而神秘的身影

2009 年 10 月 24 日晚完稿于出尘斋

‖ 你死了

生与死\life and death

那是一个走向古墓的阴雨绵绵的
夜晚，内心隐约形成的独白——
那条长满野花野草的潮湿的小路
至今依然晃动着我们年轻的身影
但那比隆隆的雷声还要遥远
幽暗的心境躲避着外面的阳光
——恍惚间，在模糊的黄昏中
听见你仿佛近在咫尺又像是来自
另一个世界的一声悠长的叹息
在我朦胧的感觉里：你已经死了
哦，如果你死了，真的死了
我……我很快就会随你而去
很快就会在我和你的死亡中
看见两朵鲜花永恒地绽放在
那无限而纯粹的空间里……

2009 年 10 月 25 日晚定稿于出尘斋

‖ 像野兽一样死去

忧郁的面具掩护着受伤的面容
忘记浸满泪水的角落和那被
皮鞭抽打、闪电敲击成的碎石
渴望有朝一日，像野兽一样死去

2009 年 12 月 7 日傍晚于落花泉

‖ 死神的叹息

死神欢快地坐在她的怀里
她却深情地回望着过去的淫荡历史
浑浊的河面漂浮着破碎的尸骨
死神看见：她在恐怖的阴影里发呆
而死神突然忘了自己是死神
像人一样发出了哀伤的叹息……

2009 年 12 月 7 日晚于落花泉

‖ 触摸永恒

面对上帝坚硬而慈悲的目光
苍白的天使在夜色中分娩死亡
孤独地生长成一棵无枝无叶的树
于柔和的月光里逐渐触摸到永恒

2009 年 12 月 21 日凌晨于出尘斋

‖ 亲切的死亡

前有去者，后又来者
而我渴望纯粹的梦境
愿痛苦如同开放的花朵
愿欢乐如同忧患的黑夜
最终化入一种无限的虚无
用血和泪贴近亲切的死亡

2009 年 12 月 29 日凌晨完稿于出尘斋

‖ 习惯了死亡

痛苦在沉默中蔓延

空虚在孤独中升腾

不要完满，不要完美

不要为那枯萎的花伤痛

思念也不要在叹息中进行

夜色面对凶悍的冷风

早已在梦中习惯了死亡

2010 年 1 月 14 日傍晚完稿于出尘斋

‖ 混合的气息

我曾经跟随她走进贫瘠的草地
在那里嗅到了生与死的混合气息
当我们踏上一块茂盛的绿地
回望时，却惊异地发现——
那是一片立满墓碑的荒芜的墓地

2010 年 2 月 6 日傍晚于民和泉

‖ 非死不可，因为我认识了她

我非死不可，因为我认识了她
死于她如花的笑容中
死于她似雨的泪水里
死于她的爱，死于她的恨

她经常在高处漫游
她经常踩踏着山峰行走
那旋转的飓风必将摧毁我的肉身
我非死不可，因为我认识了她

2010 年 3 月 4 日下午于禧温泉

‖ 那一夜

生与死／*life and death*

那一夜——
我穿着你给别人缝制的衣裳
上路

那一夜——
我看见许多女人浓缩成一个
女人

那一夜——
死亡的欲望重又在我的梦里
升起

那一夜——
我在死后重生的世界里再次
死去

2010 年 8 月 10 日凌晨于出尘斋

‖ 孤独地行走

像是在一个荒原上
像是在一处废墟中
像是在一片沙漠里
像是在城市或乡村
像是在梦里又像是在梦外
像是在白昼又像是在黑夜
像是在地下又像是在天上
像是在地球又像是在月球
我或者是你或者是他……
砍了我一刀或刺了我一剑
淌了很多很多很多的血
流了满地满地满地的血
我用手用脚用嘴堵着血
踩着踏着趟着漫长的血路
孤独地行走，孤独地行走
行走……行走……行走……
并在行走中度过了今世的余生

2010 年 8 月 17 日凌晨于出尘斋

‖ 不再死去

那么多年了
我一直穿着别人的衣裳走路

我的身体
早已在那陌生的衣裳里死去

我看见你
伫立在寒冷的黑暗中等着我

死去的身体
重又复活并换上自己的衣裳

隐约听见上帝在说
那死后重生的将不会再死去

2010 年 9 月 4 日傍晚于禧温泉餐厅

‖ 闪亮的图案

我的肉身在灿烂的废墟上走动

而我的灵魂像雷电一样闪烁

穿过你的大脑，穿透你的心脏

用白色的死亡搅乱那个黑色的世界

从此，无色的空气在水面上绘出闪亮的图案

2010 年 9 月 4 日晚于禧温泉餐厅

梦中诗（代后记）

那天正午，在睡梦中
或者是在似睡似醒之间
清晰地或者模糊地做了首诗

那诗像风，那诗像雨
那诗像闪电，那诗像雷鸣
在虚无的世界或世界的虚无中显现

那诗像花，那诗像草
那诗像彤云，那诗像彩虹
在真实的梦幻或梦幻的真实中开放

那诗像野兽，那诗像人类
那诗像生命，那诗像灵魂
在腐朽的黑暗或黑暗的腐朽中生长

在似醒似睡之间，那旧梦中的旧诗
已淹没在新梦中，而新梦正在开始做新诗

2010 年 10 月 10 日傍晚于禧温泉

图书在版编目（CIP）数据

另一个世界的诗／王晓春著．－北京：中国文联出版社，2011.6
ISBN 978－7－5059－7111－0

Ⅰ．①另… Ⅱ．①王… Ⅲ．①爱情诗－诗集－中国－当代
Ⅳ．① I227

中国版本图书馆 CIP 数据核字 (2011) 第 092970 号

书　　名	另一个世界的诗
作　　者	王晓春
出　　版	中国文联出版社
发　　行	中国文联出版社 发行部 (010－65389150)
地　　址	北京农展馆南里 10 号 (100125)
经　　销	全国新华书店
责任编辑	曹艺凡　周劲松
印　　刷	北京佳艺丰印刷有限公司
开　　本	880×1230 1/32
印　　张	12
版　　次	2011 年 6 月第 1 版第 1 次印刷
书　　号	ISBN 978－7－5059－7111－0
定　　价	32.00 元

您若想详细了解我社的出版物
请登陆我们出版社的网站 http://www.cflacp.com